Battaglia del River Plate

Un romanzo sulla
Seconda Guerra Mondiale

Richard G. Hole

Battaglia del River Plate

Un romanzo sulla Seconda Guerra Mondiale

Richard G. Hole

Seconda Guerra Mondiale

SINOSSI

Allo scoppio della seconda guerra mondiale, la superiorità navale dell'Inghilterra era manifesta. Le restrizioni imposte alla Germania dal Trattato di Versailles impedirono la creazione di una flotta in grado di affrontare con possibilità di successo gli inglesi. E sebbene a seguito dell'accordo navale concluso tra le due potenze nel 1935, la Germania diede un grande impulso alla costruzione di unità da battaglia, allo scoppio della guerra il 1 settembre 1939, la Gran Bretagna continuò a detenere il potere in tutti i mari .

L'«Admiral Graf Spee» era una corazzata tascabile costruita dalla Germania entro gli stretti margini concessi dai vincitori della prima guerra mondiale. La sua potenza era inferiore a quella della maggior parte delle navi della linea di altre nazioni, ma la sua costruzione era stata eseguita con la cura e l'attenzione richieste affinché la sua qualità compensasse il più possibile il suo tonnellaggio ridotto e il suo calibro più piccolo. dei suoi cannoni, rispetto ad altre corazzate...

Battaglia del River Plate è una storia appartenente alla collezione della Seconda Guerra Mondiale, una serie di romanzi di guerra ambientati nella Seconda Guerra Mondiale.

BATTAGLIA DEL RIVER PLATE

PREFAZIONE

Allo scoppio della seconda guerra mondiale, la superiorità navale dell'Inghilterra era manifesta. Le restrizioni imposte alla Germania dal Trattato di Versailles impedirono la creazione di una flotta in grado di affrontare con possibilità di successo gli inglesi. E sebbene a seguito dell'accordo navale concluso tra le due potenze nel 1935, la Germania diede un grande impulso alla costruzione di unità da battaglia, allo scoppio della guerra il 1 settembre 1939, la Gran Bretagna continuò a detenere il potere in tutti i mari .

La Germania, istruita nel precedente conflitto, si preparò a combattere la potenza inglese in mare per mezzo di armi sottomarine, che stavano per produrre un terribile crollo nel traffico alleato, e le navi corsare che, la maggior parte di loro, assestarono duri colpi che l'Inghilterra evidentemente ; lei l'ha accusata.

Ci sono sempre stati corsari e non c'è nazione che non li abbia usati in qualche momento. Sono stati generalmente usati da paesi che in un dato momento non avevano il comando del mare, oppure le loro squadre erano manifestamente inferiori per numero e potenza a quelle dei loro nemici. Il suo scopo è operare in aree eccentriche rispetto a quelle dominate da flotte avversarie, cacciando navi isolate o gruppi di esse senza sufficiente protezione. Le loro armi principali sono la sorpresa, l'astuzia, l'occultamento e la velocità, e le loro tattiche cambiano continuamente luoghi e situazioni per evitare di essere localizzati e inseguiti.

La Germania ha utilizzato corsari nelle due guerre mondiali e ha utilizzato indistintamente navi da guerra o semplici mercanti armati a tale scopo. Tra le prime vale la pena ricordare le corazzate tascabili «Lutzow» e «Admiral Scheer». Il Lutzow fece diverse crociere, affondando dozzine di navi mercantili e potendo finalmente tornare in Germania. Il secondo operò nell'Atlantico settentrionale e meridionale nel 1940 e tornò anche dopo aver affondato un incrociatore ausiliario britannico e 152.000 tonnellate mercantili, di cui 86.000 corrispondevano a un convoglio che fu completamente annientato. Ma quella che più attirò l'attenzione del mondo fu senza dubbio la corazzata tascabile, gemella delle altre due, "Admiral Graf Spee", che dopo aver visto molte unità belliche alleate in continuo ribaltamento per diversi mesi,

CAPITOLO I
LA PARTENZA

Il porto militare di Wilhelmshaven, importante base navale tedesca, stava vivendo giorni molto frenetici. Diverse navi da guerra, di vario tipo e stazza, erano ancorate nelle sue acque, ed in esse, nei diversi moli e magazzini della base, oltre che nei servizi della stessa, si poteva apprezzare un'attività insolita. Tra tutte le navi, per l'interesse che le era stato riservato, era molto sorprendente il fatto che qualsiasi tecnico l'avrebbe immediatamente riconosciuta come una delle tre corazzate tascabili che la marina del Terzo Reich aveva in quel momento; in particolare, l '"Ammiraglio Graf Spee".

Evidentemente la nave veniva rifornita, attrezzata e preparata per poter essere presto messa in mare, e lo stridio delle gru di carico si mescolava a quello dei carri portuali, in continuo movimento, e alle voci di comando degli ufficiali.

Era il 23 agosto 1939 ed era trascorsa quasi una settimana da quando la corazzata era stata curata con cura da tutto il suo equipaggio e da gran parte del personale della base. Ma al calar della notte di quello stesso giorno i lavori erano finiti, l'equipaggio della Graf Spee salì a bordo, gli uomini di terra scesero alle banchine e la nave fu preparata e pronta a salpare non appena fu uscita. organizzato.

Un'ora dopo, tuttavia, quando il sole cominciava a calare sotto l'orizzonte, due uomini scesero a terra e, dopo aver attraversato la spianata del porto, lasciarono la base. Salirono su una piccola Mercedes parcheggiata vicino alle mura esterne, che prontamente partì. Dopo aver attraversato diverse strade della città, l'auto si è avvicinata a un'ampia strada fiancheggiata da alberi alti e corpulenti attraverso la quale filtravano le prime luci del crepuscolo. Entrambi gli uomini rimasero in silenzio, uno attento alla guida dell'auto e l'altro perso nei suoi pensieri.

«Hai una sigaretta, Helmut? "ha chiesto l'autista.

Quello chiamato Helmut tirò fuori un elegante portasigarette da una tasca interna, che porse al suo compagno dopo averlo aperto. Poi anche lui prese una sigaretta, tirando una boccata profonda.

«Penso che tu abbia ragione», disse infine. È molto strano. Mai nei miei anni in Marina ho visto una nave rifornita in una tale misura e con una tale profusione di dettagli. Nemmeno durante le manovre abbiamo mai portato una tale quantità di obici e siluri, e se aggiungiamo che nessuno, tranne Langsdorff, sa dove stiamo andando, comincio a sospettare che in tutto questo ci sia un gatto, un gatto dai denti fini e chiodi d'acciaio.

"Helmut" disse l'altro. Per molti mesi in Europa si respira un'atmosfera rarefatta. Per questo e altri fattori, non mi sorprenderebbe se tra non molto...

"Che cosa?

"Niente, lasciamo perdere.

Helmut si appoggiò allo schienale del sedile, e spingendo indietro il berretto il più lontano possibile, esclamò:

"Concluderò per te... tra poco i «Graf Spee» andranno a caccia nell'Atlantico.

Il suo compagno lo guardò per un attimo con la coda dell'occhio, tornando subito a concentrarsi sulle manovre dell'auto che, lanciata a notevole velocità, stava divorando chilometro dopo chilometro.

Pochi minuti dopo la "Mercedes" lasciava l'autostrada per prendere uno stretto sentiero che si snodava in un piccolo bosco, fermandosi accanto a una superba magione le cui mura stavano arrampicandosi su un gran numero di edera e viti.

"Vorrei che mi facessi un favore" disse, prima di lasciare l'auto, quello che era al volante.

"Dici tu, Karl" disse a sua volta Helmut.

«Apprezzerei se non dicessi una sola parola su quello che pensi in presenza di Naty. Crede che la nostra marcia sia una delle tante, forse un po' più lunga, ma non importante. Vorrei che continuasse a crederci.

"Non preoccuparti, non dirò niente.

Karl suonò il campanello e la porta si aprì immediatamente, attraverso la quale entrambi entrarono.

"Buon pomeriggio, signora Müller" salutò Karl. "Helmut ed io siamo venuti per salutarti. Partiamo stasera.

"Ancora?" chiese stupita la signora Müller. "Ma non sono passati quindici giorni da quando sei arrivato. Si è visto che i marinai devono passare la vita in acqua. Che mestiere, mio Dio! Harold ha fatto lo stesso; lui oggi era a casa e, all'improvviso, ha sinistra per riapparire inaspettatamente. Infine, vai nella stanza. Chiamo subito Naty.

Karl e Helmut videro la madre di Naty scomparire e riapparire poco dopo in compagnia della figlia, una ragazza sui diciotto anni, marcatamente scura, con capelli corvini e occhi ugualmente neri e brillanti. La sua altezza era superiore alla media e il suo corpo, in generale, non era lontano dall'essere perfetto.

Entrambi gli uomini si alzarono in piedi, e Helmut, storcendo la bocca, come se desiderasse che le sue parole fossero raccolte solo dall'amico, disse:

"Mi congratulo vivamente con te. Naty è ogni giorno più bella. Lei è una vera bellezza.

Karl diede al suo amico una gomitata "affettuosa", costringendolo a sentire insistentemente la bocca dello stomaco, e avanzò verso le due donne.

Naty rimase immobile, in silenzio, con lo sguardo fisso su Karl, che, una volta al suo fianco, le prese le mani tra le sue.

"Naty, siamo salpati tra poche ore. Gli eventi sono andati avanti e Helmut ed io abbiamo superato i nostri ostacoli per poter venire a salutarti.

La ragazza taceva ancora.

"Comunque" ha continuato "Spero di tornare prima di un paio di settimane. So che non ti ci abituerai mai, ma mio malgrado non è possibile fare altro. Sai che mi dispiace quanto te o forse di più.

"Dove stai andando? Alla fine ha chiesto Naty.

Karl si schiarì la voce involontariamente e, leccandosi le labbra, disse:

"Non lo sappiamo ancora con certezza, ma a quanto pare stiamo effettuando manovre nel Nord Atlantico, al largo delle coste della Norvegia.

"No, Karl l'ha "negata"; Non sarai mai un buon bugiardo. Non so perché, ma c'è qualcosa che mi dice che questa volta non è come le precedenti, che passerà molto tempo prima di poterti rivedere.

"Per l'amor di Dio, Naty" protestò; Parli come se mi succedesse qualcosa di brutto. L'uscita dalle manovre non comporta nessun pericolo...

Helmut, che fino ad allora era rimasto un semplice spettatore, interruppe l'amico con una risata forzata che fece rabbrividire la ragazza.

«Credi che andremo in guerra? chiese, quando la risata si fu spenta sulle sue labbra.

Gli occhi di Naty, fissi e profondi, lo costrinsero a distogliere lo sguardo.

«Non ho detto molto, Helmut» assicurò, soppesando le parole.

Karl voleva che la terra ingoiasse il suo amico sconsiderato. Evidentemente aveva acceso una nuova idea nella sua mente.

«Ehi, Helmut» disse. Perché non chiedi alla signora Müller di finire di mostrarti la sua magnifica serra?

"Penso che sarà per il meglio", disse l'amico, grattandosi la testa con l'indice della mano destra e scomparendo attraverso la porta in compagnia della madre di Naty.

Quando Karl e la ragazza furono soli, si alzò più in alto che poteva sulla punta delle scarpe e premette il viso contro il suo, avvolgendogli le braccia tornite attorno al collo.

«Karl, dimmi la verità. Dove stai andando?

Si liberò dell'abbraccio di Naty e, facendo qualche passo verso la finestra, guardò attraverso il vetro. Helmut era attento alle spiegazioni che la signora Müller gli dava sulle piante. L'espressione di santa rassegnazione dell'amico lo fece sorridere.

"Non posso dirtelo perché non lo so. Solo Langsdorff lo sa", disse senza voltarsi. "Mi sono proposto, però, di nasconderti ciò in cui credo, ciò che tutti crediamo; ma ora è meglio che tu sappia che vedo che sospetti qualcosa.

"Certo che sospetto! "ha assicurato". Inoltre, lo so. Sono diversi giorni che osservo te e Helmut, ho catturato molte delle tue parole che credevi non avessero significato per me...

"Bene," intervenne Karl. La convinzione generale è che presto scoppierà la guerra e che la Graf Spee stia ora prendendo il largo per essere in teatro quando lo farà. Potremmo sbagliarci, ma sarei molto sorpreso.

Dopo le parole di Karl scese un grande silenzio. Solo il suono di un orologio sul camino disturbava la quiete dell'ambiente.

"Guerra!" esclamò Naty, lasciandosi cadere lentamente su una sedia. Le sue guance erano intensamente pallide e i suoi occhi erano persi in un punto in cui leggevo l'infinito.

"Sì, la guerra" ha affermato. È un presupposto, ma fondato. Da diversi giorni prepariamo la nave per un lungo viaggio. I servizi sanitari hanno riesaminato uno per uno tutti gli uomini dell'equipaggio, licenziandone molti per indisposizioni temporanee che in altre circostanze non sarebbero state prese in considerazione. Abbiamo spedito un gran numero di proiettili e proiettili di ogni tipo, comprese diverse dozzine di siluri. Le stive sono piene di farina e vettovaglie di ogni genere e i serbatoi sono pieni d'acqua fino a traboccare, e come se non bastasse, ieri Langsdorff è stato rinchiuso nella sua camera per diverse ore a parlare con tre comandanti di alto rango della flotta . Tutto questo ha una sola spiegazione. Tutto è stato predisposto per uno scopo preciso e per un motivo preciso e serio: la guerra.

«Pregherò Dio che ti sbagli, Karl», disse Naty con voce appena percettibile.

"Fallo, sì. Solo Lui può impedire ciò che gli uomini non vogliono impedire.

La ragazza si alzò, si avvicinò a Karl e si rifugiò tra le sue braccia come per proteggersi da un pericolo invisibile.

"Ho paura" disse. Una paura orribile. L'idea di perderti per sempre mi rende insopportabile. Ti amo così tanto, Karl, che se ti accadesse qualcosa di brutto, non mi sarebbe possibile continuare a vivere.

«Non dovresti preoccuparti così tanto, Naty. Anche se accadesse ciò che tutti temiamo, non sarebbe necessario che mi succedesse qualcosa di grave. Inoltre, sapendo che mi stai aspettando, tornerò; Non so come o quando o in che modo, ma tornerò, lo prometto.

"Grazie, Karl, per avermi incoraggiato. Le donne sono così stupide!

Alzò gli occhi verso i suoi e le loro labbra si strinsero strettamente. Pochi secondi dopo Karl si staccò bruscamente e guardò l'orologio.

«Dobbiamo andare, Naty.

"Già?

"Sì. Langsdorff ci ha concesso due ore ed è quasi finita. A proposito, mi ha incaricato di salutare te e tua madre a suo nome. È un grande uomo, e come marinaio sono pochi quelli che lo superano. Lui ha un'insolita fiducia in se stesso Sono soddisfatto di essere sotto il suo comando.

In quel momento la signora Müller e Helmut stavano tornando dal giardino. La madre di Naty non poteva nascondere la soddisfazione che aveva provato per aver potuto mostrare a qualcuno, estendendosi in lunghe spiegazioni pseudo-scientifiche, la sua vasta collezione di piante e fiori. A Karl sembrava che il suo amico fosse completamente esausto e malato.

Entrambe le donne hanno accompagnato i due uomini all'auto. Naty, con gli occhi pieni di lacrime, abbracciò Karl per l'ultima volta.

«Non lo dimenticherò mai, Karl», disse singhiozzando. Non ho resistito a ripeterlo in te.

Karl, mostrando un pallore intenso, quasi si costrinse ad allontanarsi dalla ragazza, e dopo aver ascoltato pazientemente le ultime raccomandazioni della signora Müller, aprì la portiera della macchina e si mise al volante. Immediatamente la "Mercedes" partì mentre Naty agitava debolmente la mano in segno di addio.

«Non dimenticare che avevi promesso di tornare», gridò, quando l'auto era già a cinquanta metri da lei.

«Non lo dimenticherò», assicurò Karl, sporgendo la testa dalla finestra. Anche se sarebbe meglio non vederti mai più» concluse mormorando tra i denti.

Naty era già lontana e non poteva sentire le sue ultime parole, ma Helmut le sentiva, e sorpresa, incredulità e stupore si unirono nei suoi occhi.

CAPITOLO II
UNA "CURATA TASCABILE"

"Che cosa hai detto? "Chiese.

"No niente.

"Se non ho capito male, hai appena detto che preferiresti non tornare mai più. Posso sapere perchè?

"Hai capito male.

«No, non ho frainteso», assicurò Helmut.

"Per favore cambia argomento.

"Karl, ti sta succedendo qualcosa di strano e non provare a negarmelo. Lo noto da molto tempo e il tuo comportamento spesso manca di logica. Hai la ragazza più carina per miglia in giro ed è più intelligente della maggior parte delle donne, e succede che in sua compagnia tendi ad essere premuroso, freddo e lunatico. Vuoi dirmi cosa c'è che non va in te? Non la vuoi? Se è così, lasciala; ma poi ti dirò che sei completamente idiota.

"La amo con tutta l'anima" assicurò Karl, in modo che il suo amico non potesse dubitare delle sue parole.

"Allora cosa c'è che non va in te?

Carlo non ha risposto. Helmut si appoggiò allo schienale della sedia e non ritenne opportuno insistere ulteriormente, giungendo però alla conclusione che era più difficile capire l'amico che fare la quadratura del cerchio.

Mezz'ora dopo l'auto si fermò davanti all'ingresso principale della base ei due uomini salirono a bordo della corazzata.

Nelle prime ore del mattino, tra stridii di catene e squilli di sirene, si sono liberati gli ormeggi della nave, che, svoltando lentamente a babordo, si è avvicinata all'imboccatura del porto, scomparendo poco dopo inghiottita dalla nebbia.

Le prime luci dell'alba sorpresero la corazzata che salpava, già fuori dalle acque giurisdizionali tedesche, diretta verso l'Atlantico.

L'«Admiral Graf Spee», come già detto, era una corazzata tascabile, che insieme alla «Lutzow» e all'«Admiral Scheer», fu costruita dalla Germania entro gli stretti margini che erano stati concessi dai vincitori. dalla precedente guerra mondiale. La sua potenza era inferiore a quella della maggior parte delle navi della linea di altre nazioni, ma la sua costruzione era stata eseguita con la cura e la cura necessarie affinché la sua qualità compensasse il più possibile il suo tonnellaggio ridotto e il suo calibro più piccolo. dei suoi cannoni, rispetto ad altre corazzate. Spostava poco più di diecimila tonnellate ed era armata con quattro cannoni da 280 millimetri, distribuiti in tre torri, una a prua e due a poppa. Aveva anche quattro cannoni da 150 millimetri, otto tubi lanciasiluri da 533 millimetri, varie mitragliatrici antiaeree e quattro lanciatori di carica di profondità. La sua velocità era inferiore ai venticinque nodi, quindi su questo punto era chiaramente inferiore agli incrociatori da battaglia, molti dei quali più grandi e meglio armati. Il suo equipaggio era composto da mille uomini, compresi tutti i servizi, e trenta ufficiali, senza contare il capitano e il secondo comandante.

Il suo comando era stato affidato dallo Stato Maggiore della flotta al capitano Hans Langsdorff, ottimo marinaio, di famiglia strettamente legata al mare e alla squadra, e aveva già partecipato alla prima guerra mondiale, come semplice cadetto, in non poche battaglie contro gli inglesi. Per comandare il "Graf Spee" e guidarlo attraverso l'Oceano nella difficile missione assegnatagli, Langsdorff era l'uomo da cui partire.

Tra gli ufficiali c'erano i luogotenenti Karl Weber e Helmut Berling. Il primo aveva ventisette anni ed era in servizio attivo in Marina da cinque anni, senza contare, ovviamente, gli anni di studio e di pratica trascorsi in Accademia, dai quali partì con il grado di sottotenente. La sua prima destinazione fu l'incrociatore «Staal» da cui fu trasferito, salendo qualche tempo dopo, sulla corazzata «Admiral Graf Spee».

Non aveva famiglia. I suoi genitori morirono quando lui era ancora molto giovane e non ne aveva memoria. Una fotografia di sua madre, dalla quale non si separò mai, e un vecchio orologio di suo padre, costituivano la somma dei beni che gli erano stati lasciati in eredità dai suoi predecessori. Fu accolto da una sua zia, in compagnia della quale trascorse gran parte della sua vita, prendendosi cura di lui con l'affetto e la cura di una vera madre e vegliando sui suoi primi passi di vita. Quando, molti anni dopo, già all'Accademia, Karl venne a sapere della morte della brava donna, pianse per lei come se fosse stata lei l'essere che gli aveva dato la vita.

Helmut Berling era il figlio maggiore di ricchi industriali di Monaco, produttori di seta artificiale, che non erano stati in grado di dissuadere il figlio dal diventare un marinaio. Disse che l'atmosfera della fabbrica lo soffocava e che aveva bisogno della brezza marina per poter respirare comodamente. L'operosità di famiglia poté essere assolta per ora perfettamente dal padre, e poi dai fratelli, ai quali gentilmente cedette la parte che poteva corrispondergli ai suoi tempi. I suoi genitori accettarono i suoi desideri convinti che lo shock per la realtà lo avrebbe dissuaso dai suoi propositi. Ma Helmut era in Marina ormai da molti anni senza mostrare il minimo segno di rimpianto o stanchezza.

I due ragazzi si erano conosciuti due anni prima che l'ammiraglio Graf Spee si imbarcasse per la sua ultima crociera, quando Helmut era stato assegnato alla corazzata, e avevano fraternizzato rapidamente. Langsdorff aveva un'ottima stima di entrambi, anche se a volte aveva dovuto rimproverarli; a Helmut per la sua smisurata predilezione per il divertimento, ea Karl per il suo carattere eccessivamente strano, che andava dall'esaltazione più sfrenata allo sconforto più assoluto, dalla gioia più accentuata al malumore più incomprensibile.

Quando le prime luci dell'alba apparvero sulla linea dell'orizzonte il 24 agosto 1939, il grosso della corazzata tedesca si stava dirigendo verso il mare, la maggior parte dei suoi servi ignari del fatto che presto sarebbero stati i protagonisti di uno dei le avventure più affascinanti compiute nell'Atlantico dai marinai tedeschi.

CAPITOLO III
LA PRIMA PREDA

Karl, sporgendosi dalla trinchetta, fissava incuriosito la sagoma di una nave mercantile, la "Altmark", che da quando aveva lasciato Wilhelmshaven aveva seguito insistentemente la scia lasciata dalla "Graf Spee". Evidentemente, l'«Altmark» li accompagnava con una missione fissa, ma Karl non riusciva a trovarla. Il mercantile, sebbene armato, poteva fare poco o nulla in caso di combattimento. Non era una petroliera, la cui presenza sarebbe stata in parte giustificata. Che scopo avrebbe?

Il 28 agosto la corazzata raggiunse un punto situato all'incirca tra le Isole Canarie e le Bahamas e si avvicinò a una nave che in un primo momento tutti ritenevano giapponese, non solo per particolari particolari della sua costruzione, ma anche perché la nave mercantile si chiamava Ussukuma . Ma lo stupore generale crebbe a tal punto, quando l'equipaggio della «Graf Spee» si accorse che la nave mercantile a cui si stavano rapidamente avvicinando non era giapponese, ma una nave cisterna tedesca travestita, dalla quale la corazzata fece rifornimento e continuò immediatamente la marcia.

Da quel momento Karl non ebbe più dubbi sulla missione della nave tedesca. Era pienamente convinto che presto sarebbe scoppiata la guerra; era questione di giorni, forse settimane, ma non riusciva a smettere di venire. Il capitano Langsdorff, nonostante sapesse che i suoi uomini conoscevano già il segreto, non disse nulla. Limitandosi a sorridere quando gli occhi dei suoi ufficiali si posarono su di lui interrogativi.

La risposta è stata immediata. Il primo settembre, quando quasi tutti gli ufficiali erano riuniti nella sala da pranzo dopo il pasto di mezzogiorno, un uomo si precipitò dentro. Karl lo riconobbe subito come uno dei componenti dei servizi di telegrafia e radio. Teneva un foglio nella mano destra e, dopo aver salutato il capitano Langsdorff, lo consegnò. Lo spiegò più lentamente di quanto Karl avrebbe voluto, sebbene conoscesse il contenuto del rapporto come se lo avesse letto dozzine di volte. Langsdorff, invitato dai suoi ufficiali, si alzò gravemente.

"Signori", disse, "finalmente saprete cosa vi siete chiesti tante volte e cosa senza dubbio già la maggioranza pensava. Oggi, 1 settembre 1939, la Germania è in guerra con l'Inghilterra e la Francia. Il confine polacco è stato attraversato in vari punti della marcia vittoriosa su Varsavia. Voglio che tu porti i tuoi uomini sul ponte il prima possibile. Ho alcune parole da dirti."

La maggior parte degli ufficiali ha lasciato la camera in fretta per ottemperare all'ordine. Il clamore era indescrivibile. Carlo sorrise.

Pochi minuti dopo l'intero equipaggio della corazzata fu schierato. Langsdorff, dal posto di comando del ponte centrale, si rivolse ai suoi uomini in questi termini:

"Marini! Sono appena stato informato che il Terzo Reich è in guerra con l'Inghilterra e la Francia. Da oggi il nostro Paese inizierà una dura lotta contro i suoi nemici, in cui tutti i tedeschi coopereranno al meglio delle loro capacità. Potenti sono i poteri contro i quali dovremo combattere, ma molto più grande è la nostra fede e sicurezza nella vittoria. Per tutti questi motivi, da questo preciso momento l'«Admiral Graf Spee» diventa una nave corsara con la specifica missione di dare la caccia e affondare il maggior numero di navi nemiche e ostacolare il traffico attraverso l'Atlantico che potrebbe andare contro gli interessi della Germania. Non ho dubbi che per la grandezza della nostra patria e per il prestigio della Marina tedesca, ognuno di noi darà il massimo sforzo di cui è capace, anche se questo ci porta al sacrificio della nostra vita .

Un urlo assordante che esplose all'unisono dalle gole di mille uomini si levò dalla corazzata, diffondendosi su tutta la superficie del mare.

Da quel momento in poi la nave corsara avrebbe dovuto navigare con cautela, sempre vigile, restando nascosta tra le onde dell'Oceano, alla ricerca della sua preda. Sempre vigile, sempre attento alle linee dell'orizzonte, dove le sagome dei suoi nemici potevano apparire inaspettate, il "Graf Spee" doveva navigare nelle acque come un felino sfrecciava nel fitto della giungla, in attesa della propizia vittima che serviva come bersaglio per i loro cannoni.

Il 13 settembre, due settimane dopo l'inizio delle ostilità, il corsaro tedesco era di stanza in un'area sopra l'equatore, alla direzione del 200° da Freetown. Per quattordici giorni inseguì senza successo il passaggio delle navi inglesi, e il ventisettesimo si diresse verso la costa americana, sbarcando a Babia.

Il 30 settembre, a 140 miglia 125 da Pernambuco, il "Graf Spee" fece la sua prima uccisione. Verso le quattordici del giorno indicato, la corazzata tedesca stava navigando parallela alla costa del Brasile, quando è stato avvistato del fumo a un rilevamento di 320°, che è stato immediatamente segnalato dai servizi di sorveglianza. Tutti gli occhi si volsero al luogo indicato, e si verificò che, in effetti, una colonna di fumo si levava nel cielo sopra l'orizzonte, a ventidue miglia di distanza. La corazzata manovrò, e mettendo la prua alla nave individuata, a tutta velocità si diresse verso di lui. Ben presto si scoprì che si trattava di un mercante inglese, di circa cinquemila tonnellate e pesantemente carico, come indicato dalla linea di galleggiamento. Gli inglesi, che di certo non si aspettavano un incontro così spiacevole, non individuarono la nave da guerra che navigava verso di loro finché non fu troppo tardi.

Langsdorff ordinò che gli fosse trasmesso un messaggio che gli ordinava di fermarsi e di arrendersi prigioniero, e poco dopo il "Clement", come veniva chiamata la nave catturata, giaceva completamente immobile sulle onde. Immediatamente diversi motoscafi pieni di marinai armati e alcuni ufficiali, tra cui Karl, raggiunsero le fiancate della nave inglese e i suoi occupanti salirono a bordo.

Il capitano del "Clement" ha ballato sul ponte. Il pallore del suo volto contrastava con la sua uniforme blu scuro intensamente. La maggior parte dell'equipaggio stava dietro di lui, e alcuni degli uomini avevano le labbra increspate e le mani serrate. Ai suoi occhi si leggevano facilmente le emozioni più contrastanti.

Un tenente tedesco si avvicinò al capitano del mercantile, e salutandolo con la mano sul berretto, gli comunicò che da quel momento lui ei suoi uomini erano prigionieri della Germania e che dovevano prepararsi per essere immediatamente trasferiti all'"Altmark" come tale.

I motoscafi ripresero il mare doppiamente carichi e la "Clement" fu lasciata in balia della corazzata tedesca.

Karl rimase a bordo con alcuni marinai, per ispezionare il carico e sequestrare la documentazione della nave. Il primo consisteva in una grande quantità di carne, forse argentina, e diverse tonnellate di gomma grezza che il Clement doveva aver caricato in qualche porto brasiliano. Nella cabina del capitano Karl trovò la documentazione che stava cercando e il giornale di bordo, oltre ad altre cose che ordinò anche di portarle nel caso potessero essere utili a Langsdorff. Alla fine abbandonarono la nave e tornarono alla Graf Spee.

La nave inglese dondolava dolcemente tra le onde, disegnando la sua sagoma sulla linea dell'orizzonte e aspettando l'arrivo del siluro che l'avrebbe seppellita per sempre nell'oceano. Una scia bianca lasciò la corazzata tedesca in direzione del "Clement". Una terribile esplosione, che si diffuse su tutta la superficie del mare, sconvolse la prima preda del corsaro, che, ferito a morte, si inclinò lentamente verso babordo per scomparire quindici minuti dopo sott'acqua.

Il capitano inglese aveva avuto il tempo di riferire che stava cadendo nelle grinfie di una corazzata corsara tedesca, e quindi Langsdorff ritenne prudente cambiare immediatamente scena. Lo stesso giorno salpa per l'Atlantico orientale, approdando a Loanda (Angola).

CAPO IV
IN PIENA CACCIA

L'affondamento del «Clement» segnò allo Stato Maggiore della flotta inglese la presenza di un corsaro tedesco nelle acque dell'Atlantico meridionale. Poiché la maggior parte delle unità da combattimento che l'Inghilterra possedeva in quella zona erano incrociatori leggeri, per i quali la corazzata tascabile rappresentava un serio pericolo, fu subito preparata una forza adeguata che, prendendo rapidamente il mare, potesse dare la caccia al corsaro. prima che provocasse più scompiglio nel traffico mercantile alleato.

Il 2 ottobre 1939, la cosiddetta forza "K" comandata dal vice ammiraglio Wells lasciò "Scapa Flow". Questa forza «K» era composta dalle seguenti unità: l'incrociatore da battaglia «Renown», del peso di 32.000 tonnellate, con sei cannoni da 381 millimetri e dodici cannoni da 102 millimetri. Inoltre, aveva un'abbondante artiglieria antiaerea, quattro aerei da combattimento e sviluppò ventotto nodi e mezzo di velocità. La portaerei "Ark Royal", la più moderna della flotta britannica, dislocante 22.000 tonnellate ed armata con sedici cannoni da 114 millimetri e diversi cannoni antiaerei. La sua velocità era di trenta nodi e mezzo e i suoi sessanta velivoli Swordfish e Skua erano una forza potente. Quattro cacciatorpediniere di scorta completarono la formazione.

Il raggruppamento è stato concepito perfettamente. Molto più potente dell'ammiraglio Graf Spee e considerevolmente più veloce di lui, la Renown potrebbe facilmente sopraffare la corazzata tascabile non appena fosse portata a portata dei suoi cannoni. Gli aerei della potente "Ark Royal" avrebbero spazzato l'Atlantico fino a quando non avrebbero localizzato il corsaro e poi avrebbero condotto la "Fama" da lui.

La Forza "K" è arrivata a Freetown il 12 ottobre, quando la "Graf Spee" era in Ascensione, e dopo aver rifornito di carburante ciò di cui aveva bisogno, ha ripreso il mare in direzione di Sant'Elena. Per quasi un mese il gruppo britannico ha esplorato una vasta area, limitata dal parallelo di Sant'Elena, dalla costa della Liberia e dal 0° e 20° meridiano di longitudine. L'aereo della portaerei non si concesse un momento di riposo. Ogni giorno si effettuavano due esplorazioni, una all'alba, che terminava alle dieci, dopo quattro ore di volo, e un'altra che cominciava alle quattordici per concludersi al calar della notte. Ma era tutto inutile; il corsaro tedesco non apparve.

L'unico risultato positivo ottenuto dalla forza «K» in questo periodo fu la cattura di una nave mercantile tedesca. Il 4 novembre un «Swordfish» segnalava la presenza di una nave tedesca che si stava dirigendo verso il centro dell'Atlantico. Era il piroscafo "Uhenfels", che trasportava in Germania un ricco carico di pelli, noci, noci di cocco e oppio, del valore di duecentocinquantamila sterline. Fu arrestata e portata in una base inglese.

Mentre tutto questo accadeva, la "Graf Spee" aveva continuato le sue incursioni con singolare successo.

Dopo aver affondato il «Clement», e quando, in fuga da una possibile trappola, stava navigando verso l'Angola, il 5 ottobre avvistò un altro mercantile inglese, il «Newton Beech», del peso di 4.650 tonnellate, e, come quello già affondato, pesantemente caricato. Il pomeriggio cominciava a calare e le prime ombre del crepuscolo tingevano di nero l'Oceano. Non appena il piroscafo inglese individuò il corsaro tedesco, si voltò verso babordo e cercò di allontanarsi a tutta velocità e di perdersi nella notte. Langsdorff capì immediatamente le intenzioni del mercantile e ordinò che i motori fossero costretti a raggiungerlo prima che diventasse completamente buio. Sarebbe stato facile per la "Graf Spee" affondare la "Newton Beech" con i suoi 280 libbre, ma Langsdorff non ha voluto farlo, prima perché intendeva salvare più proiettili possibile, poiché la sua permanenza nell'Atlantico sarebbe stata molto lunga e avrebbe potuto averne bisogno all'ultimo minuto, e in secondo luogo perché avrebbe significato la morte dell'intero equipaggio della nave inglese, cosa che voleva evitare. In ogni caso, era sicuro che la nave sarebbe finita in suo potere e non c'era bisogno di forzare le cose.

Il Newton Beech navigava a velocità considerevole, e sebbene la distanza tra lui e il corsaro si stesse riducendo di minuto in minuto, quando scese la notte tra loro c'erano ancora una dozzina di miglia. Per fortuna si trattava di una luna piena, che facilitò notevolmente l'inseguimento della nave inglese, che si avvicinava sempre di più. Alle tre del mattino, Langsdorff avvertì il capitano del mercantile che se non si fosse fermato entro quindici minuti, sarebbe stato affondato senza ulteriore avviso dalla corazzata. La minaccia ebbe effetto e pochi istanti dopo i marinai tedeschi salirono a bordo, occupando completamente la nave. All'alba l'equipaggio inglese fu trasferito all'«Altmark», e dopo essersi imbarcato sulla «Newton Beech» un equipaggio di preda, ne fu accompagnato, sbarcando a Port Gentil (Africa equatoriale francese).

Due giorni dopo catturò l'Ashlea da 4.220 tonnellate, carica di pelli pregiate e pesce essiccato, che, silurata, affondò dopo aver spostato l'intero equipaggio. L'«Ashlea» fu la terza nave catturata dal corsaro tedesco e la seconda inviata in fondo al mare.

Da quel momento in poi la "Graf Spee" fu posta tra l'Africa equatoriale francese e la Sierra Leone, zona fertile e adatta alla caccia, e poiché la "Newton Beech" non ne segnalava al momento alcuna utilità, la nave la affondò. nove ottobre vicino a una piccola barriera corallina.

Il giorno successivo, mentre stava navigando per quattrocento miglia a ovest dell'isola dell'Ascensione, una grande nave mercantile inglese, la Huntsman da 8.196 tonnellate, apparve improvvisamente davanti ai suoi occhi. prua verso l'Isola dell'Ascensione. Langsdorff non era interessato ad avvicinarsi troppo a quel punto, poiché temeva che potessero esserci navi da guerra nemiche intorno ad esso; così chiamò Karl, capo di una delle torrette da otto pollici.

"Tenente Weber" gli disse. Fermami immediatamente su quella nave. Impediscigli di navigare per altre dieci miglia.

Poco dopo due salve della "Graf Spee" biforcarono il mercantile, che immediatamente procedette a fermarsi e ad arrendersi alla corazzata tedesca. Langsdorff organizzò l'imbarco di un equipaggio premio e la navigazione con lui.

A quel tempo, il comandante del corsaro tedesco era assolutamente sicuro che gli inglesi sapessero della sua presenza nell'Atlantico e che già diverse navi da guerra stessero solcando il mare in cerca di lui. Così ha deciso di cambiare di nuovo la scena. Fino al 22 ottobre navigò a zig-zag due giorni a sud-ovest, due giorni a sud e tre giorni a nord-ovest.

Il 17 affondò il Huntsman, che navigava in sua compagnia da poco più di una settimana. La nave mercantile, colpita da due siluri, uno al centro e l'altro a poppa, che aprivano terribili corsi d'acqua, tremava tra tremende convulsioni e cominciò ad affondare lentamente in un mare di schiuma e di grandi mulinelli. Pochi minuti dopo era scomparsa dalla superficie e agli occhi dei marinai tedeschi che l'accompagnavano nella sua agonia.

La «Graf Spee» si diresse quindi verso est, e il ventiduesimo giorno diede la caccia a una nuova nave mercantile, la «Trevanion», di 5.299 tonnellate, che fu silurata e affondata insieme al suo ricco carico di legname.

Due giorni dopo Langsdorff convocò i suoi ufficiali. Nella sala delle riunioni sedeva il capitano della corazzata, con il vice comandante della nave alla sua destra. Il resto degli ufficiali occupava le sedie poste ai lati di un lungo tavolo, alcuni rimanendo in piedi per mancanza di spazio sufficiente. Karl conversò con Helmut e il tenente Stolff, come facevano il resto degli ufficiali in gruppo, in attesa dell'arrivo degli ultimi ritardatari. Pochi secondi dopo la porta della camera fu chiusa e Langsdorff si alzò dal suo posto, poi si avvicinò a una mappa appesa a una delle pareti.

Se ne troviamo qualcuno sulla nostra strada, la nostra situazione sarebbe estremamente difficile. Il "Graf Spee" non può competere con la maggior parte degli incrociatori inglesi, poiché sono superiori in potenza o velocità. In entrambi i casi la nostra caccia sarebbe iniziata immediatamente e in poco tempo avremmo avuto una grande squadra dietro di noi. La nostra tattica non può essere diversa da quella che abbiamo seguito fino ad ora, ovvero sferrare un colpo veloce in una certa zona per sparire subito da essa e riapparire in un'altra il più distante possibile. Solo così eviteremo di essere localizzati e perseguitati da vicino. La mia intenzione è di dirigermi verso l'Oceano Indiano, lasciando per il momento l'Atlantico; se ci cercano, che, come ho detto, non ho dubbi, sarà proprio in questo Oceano. Proveremo ad affondare una o più navi nell'Oceano Indiano, questo farà andare gli inglesi in quel mare,

Con un lungo puntatore, Langsdorff aveva indicato sulla mappa l'itinerario che intendeva seguire. Gli sguardi degli ufficiali lo avevano seguito con interesse.

CAPO V
UN BICCHIERE DI SHERRY

"C'è un altro punto di grande importanza" ha proseguito il capitano. È necessario che io conosca il numero e l'importanza delle forze che ci cercano. I nostri movimenti futuri dipendono in gran parte da questo. Questo punto è stato pianificato prima di lasciare la Germania. Le nostre informazioni dovevano esserci fornite da una catena di agenti che, in diversi punti delle coste africane e americane, avevano la specifica missione di conoscere i movimenti delle unità nemiche e di darci un resoconto via radio. Mi aspettavo principalmente di ricevere notizie da Freetown e Capetown, ma a quanto pare è successo qualcosa di insolito. E poiché per noi è fondamentale sapere a che punto siamo rispetto alle forze nemiche, le informazioni che hanno fallito dovremo fornire noi stessi. Ho bisogno di due agenti volontari per una missione rischiosa.

Langsdorff non aveva finito di parlare quando tutti gli ufficiali si erano alzati.

"Grazie a tutti!" disse il comandante della corazzata. Non mi aspettavo di meno da voi. Ma in considerazione di ciò, li sceglierò io stesso.

Nella stanza scese un profondo silenzio. Tutti gli occhi erano puntati su Langsdorff, che si voltò lentamente verso dove si trovava Karl.

«Tenente Weber», esclamò, «vuoi essere uno di loro?

"Sì, mio capitano" disse Karl.

Helmut, in piedi alla sua destra, diede al suo amico un violento pestaggio che gli costrinse la gamba a rimpicciolirsi visibilmente.

«Mio capitano», disse subito Karl, «poiché mi avete onorato scegliendomi con precisione, vorrei che mi permetteste di designare colui che mi accompagnerà.

«Va bene, tenente» concordò Langsdorff. Lo chiami.

«Tenente Berling.

"Secondo. Tra un'ora vi aspetto entrambi nella mia cabina.

Senza un'altra parola, Langsdorff lasciò la camera, seguito dal suo secondo.

Anche il resto degli ufficiali uscirono dalla stanza e Karl e Helmut salirono insieme sul ponte.

"Cosa vorrà da noi il capitano? "chiese il secondo, come parlando da solo.

"E cosa ne so? esclamò Carlo. In ogni caso, lo sapremo presto.

Il tenente Stolff si avvicinò a loro.

"Mi sembra, ragazzi, che presto vi ritroverete in un grande pasticcio", ha detto.

"In un guaio? chiese Helmut. Che tipo di pasticcio?

"È facile indovinare", ha continuato Stlff. Per cosa ti vuole il capitano? Ovviamente in modo da fornire le informazioni mancanti. E dove troverai queste informazioni? Bene, a terra; è molto semplice.

"Ovviamente" confermò Karl, guardando un punto indeterminato all'orizzonte.

"Divertente! Riteneva Helmut.

"Sì, molto divertente", disse Stolff.

"Ma in quale luogo? chiese di nuovo Helmut.

"Penso che tu voglia sapere tutto in anticipo", ha detto Karl. Ma se ti può essere d'aiuto, ti dico che da stamattina navighiamo verso Capetown.

«Questo sarebbe entrare nella fossa dei leoni», disse Stolff, spalancando gli occhi, «o almeno nella sua tana.

C'era un silenzio profondo. Karl fumò una sigaretta e i suoi occhi rimasero fissi all'orizzonte. Helmut si divertiva a lanciare palline di carta in mare e Stolff osservava con sguardo assente l'amico nella sua inutile operazione.

«Karl», disse all'improvviso Stolff, «vuoi che vada io invece?

Karl si voltò, veloce come un fulmine.

"Assolutamente no! "Ha detto". Inoltre, per cosa?

«Sì, Karl», disse a sua volta Helmut. Hans ha ragione. Hai più interesse di noi a tornare in Germania un giorno. Lascialo venire con me.

"Vi prego di non insistere su una tale assurdità", chiese Karl.

"Come preferisci," disse Helmut. Ma ti sarei davvero grato se potessi rispondere a una domanda per me prima di iniziare questa avventura, dalla quale potremmo non tornare.

"Che domanda?

«Il giorno della nostra partenza da Wilhelmshaven, hai detto qualcosa di molto strano, su cui ho riflettuto spesso da allora. È vero che preferiresti non tornare mai più in Germania? Come mai? Cosa succede tra te e Naty?

Karl gettò la sigaretta in mare e, voltandosi lentamente, dava le spalle al mare.

"Quelle" disse "sono tre domande, non una. Ti aspetto tra mezz'ora nella cabina del capitano. Infilandosi le mani in tasca, si avviò in direzione del ponte centrale, lasciando Helmut completamente disorientato. Stolff lo riportò alla realtà con una pacca sulla spalla.

"Ehi, Helmut", disse il tenente, "è naturale essere incuriositi dal comportamento di Karl e voler sapere cosa c'è che non va in lui se hai notato qualcosa di strano. Ma è meglio che non gli faccia altre domande su questo particolare Ti ringrazierà.

"Okay, Hans", concordò Helmut. Ma sarai d'accordo con me sul fatto che il comportamento di Karl incuriosirebbe chiunque. D'altra parte, io sono il suo migliore amico e non mi ha mai tenuto nascosto nulla, perché dovrebbe farlo adesso?

"Guarda, ragazzo", continuò Stolff. Tutti abbiamo cose nella vita che preferiamo nascondere, anche ai nostri migliori compagni. Conosce Karl da appena due anni, ma io ero con lui prima all'Accademia e poi allo "Staal". Insieme siamo stati trasferiti al "Graf

Spee" e conosco la sua vita e i suoi problemi come se fossi io. Credimi, non fargli altre domande, lo scoprirai un giorno.

"Allora, lo sai?

"Sì, lo so. Ma non perché me l'abbia detto lui, ma perché l'ho vissuto anch'io.

Helmut fissò il suo amico, i suoi occhi interrogativi.

"No. Non ti dirò niente", continuò Stolff. Non posso dirtelo, è un segreto che non mi appartiene. È successo più di tre anni fa e non ho mai detto una parola a nessuno. Non aspettarti che lo faccia adesso.

«Lei dice che la causa dell'inspiegabile comportamento di Karl è avvenuta più di tre anni fa, quindi presumibilmente sarebbe qualcosa di grave. Questo è l'unico modo per giustificare il mantenimento di un atteggiamento fastidioso e sgradevole per così tanto tempo. Non credi?

«Hai sbagliato mestiere», disse Stolff, sorridendo. Avresti dovuto essere un diplomatico. Si hai ragione. Era una cosa molto seria, o almeno "il tenente continuava a guardare distrattamente il cielo", così sembra.

"Naty ha qualcosa a che fare con tutto questo?

«Fine trasmissione», disse Stolff, accendendosi una sigaretta. È meglio che tu vada dal capitano. Deve aspettarti.

Con un sospiro rassegnato, Helmut si allontanò visibilmente imbronciato. Karl lo stava già aspettando fuori dalla porta della cabina di Langsdorff. Dopo aver bussato e aver ottenuto il permesso di entrare, entrambi gli uomini sono entrati nella stanza. Langsdorff era assorto nello studio di una mappa della costa dell'Africa occidentale stesa su un tavolo. Accanto a lui, il secondo comandante della corazzata stava scrivendo in un piccolo taccuino tascabile una lunga serie di nomi, numeri e segni. Furono invitati a sedersi, cosa che fecero volentieri su piccole ma comode sedie rivestite in pelle. Langsdorff posò davanti a loro dei calici, che poi riempì fino all'orlo di liquido color oro.

"Sherry spagnolo! "Ha detto sorridendo." Non c'è niente di meglio.

I quattro uomini unirono i bicchieri in un brindisi alla lontana patria, e Helmut, dopo aver bevuto un lungo sorso, si ripromise di visitare la Spagna con attenzione il prima possibile.

CAPITOLO VI
VIA DEL CAPETOWN

"Come ti ho detto un'ora fa "è iniziato Langsdorff", dovrai svolgere una missione pericolosa e importante. Ho scelto lei, tenente Weber, per due motivi: primo, perché parla correntemente l'inglese, e secondo, perché la ritengo pienamente in grado di svolgere il suo compito. Anche la sua scelta è stata fortunata.

Helmut si gonfiò sulla sedia mentre gli occhi del capitano si posavano su di lui.

"Il «Graf Spee»" continuò il comandante della nave "opera completamente da solo in un mare infestato da nemici. Ma quello che più mi preoccupa è la scarsa conoscenza che abbiamo del numero, della qualità e della situazione di esso. Le segnalazioni che ci aspettavamo di ricevere, per qualche motivo sconosciuto, non sono arrivate. La tua missione è andare alla ricerca di tali informazioni. Precisamente. "Langsdorff qui ha sottolineato le sue parole" alla base navale inglese di Capetown.

Helmut, nonostante avesse già intuito, come Karl e Stolff, la loro destinazione, non poteva impedire che i capelli si rizzassero. Entrare in una base navale britannica in tempo di guerra gli sembrava un'avventura altamente sconsigliabile. Karl, da parte sua, non ha mostrato alcuna emozione.

«Nella città di Capetown, ed esattamente a questo indirizzo», continuò il capitano, porgendo a Karl un foglio ben piegato, «abita un uomo che gli inglesi conoscono come Tony Andreotti e presumono italiano. In realtà è austriaco e il suo vero cognome è Vessel. Alcuni anni fa si stabilì a Città del Capo, sviluppando una prospera attività di concia delle pelli pregiate e stabilendo grandi amicizie, attraverso il suo splendore e generosità, con alcuni dei più importanti ufficiali inglesi ed europei. Il suo vero compito è fornire alla Germania informazioni inestimabili, come agente del Terzo Reich, sulle basi navali africane e sul movimento degli squadroni alleati. Doveva fornirci i dati necessari per poter navigare in relativa sicurezza, ma, come dicevo, sembra sia successo qualcosa di inaspettato.

Helmut ascoltò attentamente le spiegazioni di Langsdorff, spalancando gli occhi e cercando inutilmente di inumidirsi la gola secca. Ingoiò il resto del contenuto del bicchiere, imprecando sottovoce di non essere molto più grande.

"Ora è il momento per te di apparire sulla scena. Stanotte raggiungeremo un punto vicino alla costa africana, una sessantina di miglia a nord di Capetown. In motoscafo e in compagnia di due marinai, la cui scelta lascio al vostro buon giudizio, andranno a sbarcare. Poco prima di raggiungerlo si fermeranno, e in gommone dovete raggiungere la costa il più vicino possibile a Capetown, dopo aver memorizzato l'esatta posizione del motoscafo per tornare ad essa. Andranno poi in città a cercare il conciatore Tony Andreotti, dal quale otterranno segnalazioni. Nel caso in cui sia successo qualcosa al nostro agente, cercherà in tutti i modi di scoprire se ci sono unità da guerra ancorate nella base, il loro tipo e numero e se possibile il probabile arrivo di altre navi. Se, sfortunatamente, sei stato arrestato, per terra bisognerebbe cercare la via d'uscita migliore, ma, anche se va da sé, per nessun motivo, qualunque esso sia, bisognerà rivelare la presenza del "Graf Spee" in queste acque. Istruisci anche gli uomini che ti accompagnano, in modo che in caso di pericolo, di essere catturati durante l'attesa, vadano in mare se la minaccia proviene da terra, oppure che scompaiano nella giungla se temono di essere catturati da dietro. il mare. Non appena avranno lasciato la nave stasera, ci rimetteremo in mare, tornando in quattro giorni allo stesso punto per prenderli. Nel caso in cui non fossi arrivato, torneremo la notte successiva e, se non sei tornato nemmeno tu, non avremo altra scelta che scomparire per sempre. qualunque esso sia, dovrai rivelare la presenza del "Graf Spee" in queste acque. Istruisci anche gli uomini che ti accompagnano, in modo che in caso di pericolo, di essere catturati durante l'attesa, vadano in mare se la minaccia proviene da terra, oppure che scompaiano nella giungla se temono di essere catturati da dietro. il mare. Non appena avranno lasciato la nave stasera, ci rimetteremo in mare, tornando in quattro giorni allo stesso punto per prenderli. Nel caso in cui non fossi arrivato, torneremo la notte successiva e, se non sei tornato nemmeno tu, non avremo altra scelta che scomparire per sempre. qualunque esso sia, dovrai rivelare la presenza del "Graf Spee" in queste acque. Istruisci anche gli uomini che ti accompagnano, in modo che in caso di pericolo, di essere catturati durante l'attesa, vadano in mare se la minaccia proviene da terra, oppure che scompaiano nella giungla se temono di essere catturati da dietro. il mare. Non appena avranno lasciato la nave stasera, ci rimetteremo in mare, tornando in quattro giorni allo stesso punto per prenderli. Nel caso in cui non fossi arrivato, torneremo la notte successiva e, se non sei tornato nemmeno tu, non avremo altra scelta che scomparire per sempre. vanno in mare se la minaccia viene dalla terraferma, oppure spariscono nella giungla se temono di essere arrestati alle spalle. il mare. Non appena avranno lasciato la nave stasera, ci rimetteremo in mare, tornando in quattro giorni allo stesso punto per prenderli. Nel caso in cui non fossi arrivato, torneremo la notte successiva e, se non sei tornato nemmeno tu, non avremo altra scelta che scomparire per sempre. vanno in mare se la minaccia viene dalla terraferma, oppure spariscono nella giungla se temono di essere arrestati alle spalle. il mare. Non appena avranno lasciato la nave stasera, ci rimetteremo in mare, tornando in quattro giorni allo stesso punto per prenderli. Nel caso in cui non fossi arrivato, torneremo la notte successiva e, se non sei tornato nemmeno tu, non avremo altra scelta che scomparire per sempre.

Langsdorff si alzò in piedi e Karl e Helmut lo seguirono.

"Prepara le tue cose e sii pronto in tre ore. Vestiti in borghese, non molto nuovo, e astieniti dal portare con te qualsiasi documentazione o oggetto che possa tradirti.

Fuori dalla cabina del capitano, Helmut diede una pacca sulla schiena al suo amico.

"Devi essere felice, giusto? "Chiedo". Mi sembra che i tuoi desideri di non tornare in Germania saranno esauditi.

Karl si incaricò di scegliere i due uomini che li avrebbero accompagnati. Due ragazzi giovani e forti, poiché le vicissitudini che, se le cose fossero andate storte, potevano accadere, richiedevano tali condizioni. A ventitré ore, ben dopo il tramonto, la corazzata si fermò completamente. Fu varato un motoscafo dotato di tutto il necessario e vi scesero i due marinai scelti da Karl, Langsdorff stringe calorosamente la mano ad entrambi gli ufficiali e dà loro le ultime raccomandazioni.

«Porta questo con te, potresti averne bisogno, specialmente il tenente Berling. «Helmut prese dal capitano una bottiglia accuratamente avvolta in un cartone.

"Sherry? "Chiese.

"Sherry" affermò il capitano.

"Grazie Signore.

Langsdorff porse quindi a Karl una busta blu.

"Una volta individuato Tony Andreotti", ha detto, "gli consegnerai questa busta. Questo dissiperà da lui tutti i dubbi e ti metterà a sua disposizione. Buona fortuna!

Karl e Helmut scesero rapidamente nel motoscafo, pronti a salpare. Stolff, sporgendosi dalla ringhiera, li fece cenno di allontanarsi.

"Saluta per me la ragazza più carina di Città del Capo", urlò mentre i suoi amici iniziavano ad allontanarsi dalla barca.

"Non preoccuparti", assicurò Helmut. Lo faremo.

La barca era persa nell'ombra e il ronzio del suo motore si faceva via via più debole, fino a spegnersi completamente.

Per tutta la notte navigarono in linea retta verso la costa, e quando una leggera sfumatura bluastra nel cielo disse loro che il sorgere del sole era vicino, si diressero a sud verso la base inglese.

«Attento! gridò all'improvviso Karl, indicando un punto lontano. Una nave naviga in quella direzione.

Tutti gli occhi si volsero al luogo indicato. Una colonna di fumo nero si levò nel cielo, a una decina di miglia da dove si trovavano.

"Senza dubbio è una nave inglese. Si sta dirigendo a nord, il che fa presumere che sia di Città del Capo. È comodo fermarsi, il sentiero che ci siamo lasciati alle spalle potrebbe tradirci.

Il motoscafo si fermò e si sdraiò dondolando sulle onde. I quattro uomini, distesi al suo interno, seguirono avidamente l'avanzata del piroscafo, che a poco a poco si allontanava, dirigendosi verso nord, fino a perdersi in mare.

"Se seguiranno questo corso", disse Karl, "saranno nelle mani del Graf Spee tra non molto". Capetown non può essere abbastanza lontana, otto miglia o giù di lì. Penso che faremmo meglio a dirigerci verso terra.

La barca è stata gettata in acqua ed entrambi gli ufficiali vi sono entrati dopo aver dato le ultime istruzioni ai marinai.

"Non dovete farvi prendere dagli inglesi. Ti ho già detto come devi reagire nel caso ti vedessi in pericolo. Stasera prova ad avvicinarti un po' al suolo e soprattutto a proteggerti dal sole; Il colpo di sole potrebbe essere fatale.

"E non finire tutto lo sherry", ha aggiunto. Helmut. "Lasciami qualcosa per quando torno.

Entrambi gli amici hanno remato a lungo, arrivando finalmente a terra. Dal motoscafo i marinai li seguirono con lo sguardo fino a scomparire tra la fitta vegetazione della costa.

CAPO VII
NEL CUORE DELLA GIUNGLA

«È una bella scheda elettorale che ci hanno consegnato» disse Helmut, fermandosi un momento e asciugandosi il sudore dalla fronte. Attraversare diverse miglia di giungla vergine infestata da parassiti di ogni tipo, per finire a riposare tra gli inglesi in una delle loro basi navali meglio difese, ristabilirebbe la salute perduta a chiunque.

"Forza amico! Karl lo ha incoraggiato. Non possiamo perdere tempo. Stanotte dobbiamo raggiungere le porte di Capetown per entrare in città approfittando dell'oscurità.

Ripresero la marcia, facendosi strada attraverso la fitta vegetazione. Liane e tronchi contorti rendevano il loro avanzamento estremamente difficile. A volte affondavano fino alle ginocchia in spessi strati di fango e melma formati dalle recenti piogge, solo per camminare su pietre aguzze e spigolose che torturavano i loro piedi nonostante le scarpe.

Giunsero alle sponde di un fiume abbastanza possente, sulle cui acque si stendevano i folti rami degli alberi che crescevano sulle sue sponde. Un esercito di scimmie di tutte le dimensioni è fuggito sul suo cammino, mentre un fragore assordante rimbombava nello spazio.

"Dovremo attraversarlo a nuoto", ha affermato Karl. Non abbiamo né il tempo né i mezzi per costruire una zattera.

"D'accordo. Ma non mi gioverebbe finire per servire del coccodrillo come antipasto.

"Questi animaletti compaiono solo nei romanzi e nei film", ha assicurato Karl. Non preoccuparti.

Si spogliarono rapidamente e, facendo un fagotto dei loro vestiti, se li fissarono sopra la testa con le cinture. Poi si sono tuffati in acqua.

"Dopotutto, un bagno ci farà bene", obiettò Helmut.

Erano poco più di metà del fiume quando Karl lanciò un grido di avvertimento.

"Corri Helmut! Nuota veloce, con tutte le tue forze.

"Cosa sta succedendo? "Chiese il suo amico.

"Non fare domande e fai come ti dico.

Poco dopo raggiunsero la sponda opposta, ansimanti e mezzi sfiniti. Helmut si scrollò di dosso il peso dei suoi vestiti e fece un respiro profondo.

"Vuoi dirmi cosa ti è successo? "Lei chiese.

"Girati e vedrai.

Ad appena dieci metri di distanza, un enorme coccodrillo aprì le sue fauci allungate, guardandoli avidamente.

"Divertente! Disse Helmut. A quanto pare gli autori di quei romanzi a cui ti riferivi poco fa vengono in questi luoghi per farsi ispirare. Che coincidenza!

Dopo essersi asciugati e vestiti, hanno proseguito per la loro strada. Le loro braccia e gambe erano ricoperte di sangue. Le spine dei cespugli scavavano nella loro carne senza quasi accorgersene e numerosi sciami di zanzare si nutrivano avidamente delle loro ferite. Improvvisamente Helmut balzò all'invidia di qualsiasi campione olimpico, e veloce come un lampo estrasse la pistola dalla fondina.

"Comunque! Karl gli ha urlato contro. Non sparare, potresti attirare l'attenzione.

"Allora cosa devo fare? chiese Helmut, con gli occhi sporgenti.

"Ma cosa succede? Non vedo nulla di anomalo.

"No, eh? Degnati di girare la testa a destra e lo scoprirai.

Così fece Karl. Molto vicino a loro un enorme serpente strisciava tra le foglie.

"Non importa", assicurò Karl. È un boa, un animale molto infelice.

«Un animale infelice, dici? Beh, non sembra. Comunque, qualunque cosa sia, faresti meglio a andartene da questo posto. Tornerò l'anno prossimo per costruirmi una casetta con giardino.

Era buio quando videro le prime luci di Capetown. La vegetazione si estendeva ininterrotta fino a molto vicino alla città, quindi era relativamente facile per loro avvicinarsi alle prime case senza essere visti.

«Da questo momento in poi,» disse Karl, «è meglio camminare come se niente fosse. Metti le mani in tasca e prova a cantare una canzone felice. Dobbiamo adottare un'aria spensierata.

Poco dopo, entrambi gli amici stavano camminando lungo una strada poco illuminata dove stavano camminando alcuni indiani dalla pelle scura. Di tanto in tanto un uomo bianco, con un cappello a tesa larga e abiti chiari, incrociava il suo cammino. All'improvviso il sangue di Karl si gelò nelle vene. Helmut, con una sigaretta all'angolo della bocca, fischiettava una canzone proprio come gli era stato consigliato. La canzone era carina, ma si chiamava "Rose Marie" ed era tedesca. Due secondi dopo la sigaretta di Helmut era caduta dalle sue labbra e sentiva la bocca dello stomaco amara.

Sul foglio che Langsdorff aveva consegnato loro, oltre a scrivere il nome della via dove abitava Tony Andreotti, era stata disegnata una mappa per poter trovare il suo indirizzo senza doverlo chiedere a nessuno, e in questo dopo un'ora e mezza di corsa per la città, si fermarono davanti a una casa dipinta di bianco con delle rifiniture di mattoni rossi.

"Eccola" disse Karl. Sono le dieci di sera Presumibilmente il nostro amico è a casa ormai.

Ma si sbagliava. Dopo aver bussato per mezzo di un vecchio campanello fissato in cima alla porta, la porta si aprì lentamente e sulla soglia apparve un uomo di colore, che doveva essere alto circa un metro e ottanta.

"Sig. Andreotti, sei a casa? chiese Carlo.

"No, signori" il negro si espresse in un complicato gergo misto di inglese e qualche dialetto indigeno, ma si fece capire. Il signore è uscito, come tutte le sere, a fare una passeggiata.

"E dove potremmo trovarlo?

L'uomo nero esitò. A Karl venne in mente che forse Andreotti gli aveva ordinato di non fornire a nessuno informazioni sui suoi movimenti.

«Siamo tuoi amici», continuò Karl. Siamo appena arrivati dall'interno e abbiamo bisogno di vederlo su una questione di grande interesse per lui.

«I signori possono tornare tra un'ora, se lo desiderano. Non so dove sia andato. "Il servitore ha chiuso la porta, lasciando entrambi gli ufficiali in strada.

"Dannazione! Ha esclamato indignato, Helmut. Allora, cosa possiamo fare adesso?

«Be', esattamente quello che ha detto l'uomo di colore. Ci gireremo e torneremo tra un po'.

Continuarono a camminare per la stessa strada, e presto si trovarono in un'ampia piazza dalla quale si godeva un'ampia vista del mare illuminato dalla luna.

"Bellissimo panorama! Helmut sospirò. Nessuno direbbe che il "Graf Spee" si nasconde qui vicino.

«Per favore, stai zitto e non commettere più imprudenza. Entriamo in quel bar... o altro.

Attraverso il portone di un edificio situato nella stessa piazza, venivano filtrati i suoni di un divertente canto, mescolati alle voci degli uomini e al rumore di bottiglie e bicchieri che si scontravano.

Sono entrati nei locali. Un'atmosfera addensata dal fumo di tabacco e dal sudore di molti corpi fece quasi tornare Helmut, ma vedendo che Karl era già dentro, lo seguì. Si avvicinarono a un lungo e sporco bancone di legno, ordinarono due cognac e, dopo averli finiti, si voltarono verso il centro del locale, dove due ballerine indigene ballavano al ritmo di una musicatta monotona e orecchiabile. Karl fece scorrere gli occhi negli angoli più remoti. A un tavolo dall'altra parte della stanza, diversi ufficiali della marina sedevano a bere il contenuto di una bottiglia di whisky senza sosta, ridendo e chiacchierando animatamente. L'ingresso di entrambi gli amici aveva attirato l'attenzione e diversi sguardi erano fissi su di loro. Hanno fatto del loro meglio per comportarsi in modo naturale, riuscendo presto a smettere di essere il bersaglio di tutti gli occhi.

Le donne indigene hanno terminato la loro danza tra un applauso con cui il pubblico ha premiato il loro lavoro. Anche Karl ha applaudito senza grande entusiasmo, mentre Helmut ha ordinato che le loro tazze vuote fossero riempite. La stanza fu illuminata più intensamente e da una delle porte che dava accesso al retro dei locali apparve una giovane donna vestita con un abito "da sera" completamente bianco.

"Ora va meglio," disse Helmut, dopo aver emesso un fischio acuto che non riuscì a sopprimere.

La ragazza, che allora cantava le prime battute di una popolare canzone francese, non poteva avere più di venticinque anni. Era estremamente snella e i suoi capelli biondi contrastavano con il colore marrone chiaro della sua carnagione. Era anche straordinariamente carina e le sfumature della sua voce piacevano a entrambi gli amici, in particolare Helmut, che la guardava affascinato.

"Finché non saremo di nuovo a bordo", disse Karl, "dimentica che sei tedesco e ti esprimi sempre in inglese, anche quando sei solo. Se non stai più attento, ci ritroveremo in grosso problema.

Senza smettere di cantare, la ragazza si avvicinò a Karl e Helmut con un sorriso affascinante che fece rabbrividire Helmut. Karl, dal canto suo, era più attento all'ufficiale inglese che non distoglieva lo sguardo da loro, che alle simpatie della giovane donna. Si avvicinò al bancone e, fermandosi davanti a Karl, lo prese amorevolmente per un braccio.

«Bene! disse Helmut. «E posso essere colpito da un fulmine, giusto?

Sembrava che la bella ragazza cantasse esclusivamente per Karl, non curandosi molto della presenza di altre persone nella stanza. La sua voce divenne più dolce, più carezzevole.

"Brezza che scende dai monti lontani,
Placa nel mio petto col tuo gelido respiro, Il vulcano che mi
divora».

"Oh! esclamò Helmut, perplesso.

"Finalmente hai lasciato i mari
Per contemplarti nel profondo blu dei miei occhi.

Helmut sudava inchiostro. Cosa avrebbe voluto dire con "finalmente hai lasciato i mari"? Lei saprebbe qualcosa?

Ora Karl stava guardando la ragazza che, appoggiandosi al suo braccio, non distoglieva gli occhi dai suoi. Alla fine ha terminato la canzone e se ne è andata seguita da una standing ovation. Il tenente tedesco ingoiò d'un fiato il contenuto della sua tazza, e stava per uscire dai locali seguito dall'amico, quando vide che l'ufficiale inglese, che li aveva osservati con tanta insistenza, si avvicinava a loro.

CAPO VIII
JENNY

«Buonasera, signori», salutò l'ufficiale. «Mi presento. Il tenente della marina di Sua Maestà Charles Hall.

Karl ricambiò un leggero cenno del capo.

"Il mio nome" disse "è Morris, Arthur Morris, cacciatore. Questo signore è il mio partner, John Sheffield.

Karl e Helmut strinsero la mano all'inglese.

"Io e i miei colleghi" ha proseguito "ci siamo accorti che siete molto soli. Saremmo onorati se vi degnaste di sedervi alla nostra tavola. Festeggiamo una grande notizia, per noi di grande importanza.

"Oh sì? disse Helmut, annoiato.

"Infatti, signori. Appena un paio d'ore fa abbiamo appreso che la nostra portaerei «Ark Royal», che si credeva fosse andata perduta, non è stata affondata dall'aviazione tedesca, come si diceva in origine, ma al contrario naviga in sicurezza attraverso l'Atlantico. Capite, signori, che, avendo tutti noi buoni amici su una nave del genere, la notizia ci ha reso molto felici. Accetti il nostro invito?

"Con grande piacere! Karl acconsentì, avviandosi verso il tavolo occupato dagli ufficiali inglesi. Erano in quattro, compreso il tenente Jenkins, e si alzarono tutti in piedi quando Karl e Helmut arrivarono. Dopo le necessarie presentazioni, una volta occuparono nuovamente i loro posti corrispondenti.

"Cioè," disse uno di loro, riempiendo i bicchieri dei due tedeschi, "che voi siete dei cacciatori. Che beneficio porta loro un mestiere così rischioso?

«Pellicce», rispose velocemente Karl. Pelli fini, principalmente leopardo, pantera e serpente. Sono quotati ad un buon prezzo.

"Chi li compra?

"Finora la città di Bloemfontein era il nostro mercato principale. Ma oggigiorno ne abbiamo dovuto fare a meno, a causa dell'atteggiamento ostile di alcune tribù. Gli indigeni si oppongono alle nostre cacce, nonostante siano svolte nella più rigorosa legalità, e per evitare spiacevoli incidenti, abbiamo scelto di provare a vendere la nostra ultima selvaggina a Capetown.

"Troveranno qualcuno che li compri qui?

"Ci auguriamo di sì, anche se non conosciamo nessuno; ma poiché la nostra merce è ambita e il prezzo è ragionevole, troveremo sicuramente qualcuno che sia interessato a loro.

"Dove sono le pelli adesso?

Karl cominciava ad essere infastidito ea tante domande. Ma, mordi i proiettili, ha continuato a mentirgli.

«Poche miglia nell'entroterra. Sono custoditi dai nostri servi, in attesa dell'ordine di portarli in città.

"Mia moglie mi ha chiesto più volte di mandarle un'intera pelle di serpente per non sapere cosa", ha detto il tenente Jenkins. Hai delle azioni?

"Infatti tanti e buoni. Il mio compagno lo sceglierà per te, è uno specialista in questo genere di rettili" disse Karl sorridendo.

«Molto grato», esclamò il tenente. E dimmi, signor Sheffield, come fa a cacciare animali così pericolosi?

"Pericoloso? chiese Helmut, ridendo forzatamente. Ma i serpenti sono creature molto infelici, vero, Arthur? Non uso sempre lo stesso metodo; questo dipende dalla classe in questione, dalla taglia e dalla stagione dell'anno. In genere io uso trappole speciali, ma in più di un'occasione sono stato costretto a finirne una troppo ribelle spaccandogli il cranio con una pietra.

Karl quasi scoppiò a ridere. Helmut era evidentemente spaventato dalle sue stesse parole e immaginava con orrore quale ruolo senza successo avrebbe svolto se fosse stato costretto a dimostrare la sua eroicità.

Gli ufficiali inglesi guardavano entrambi gli amici con ammirazione e rispetto, fatta eccezione per il tenente Jenkins, i cui occhi brillavano di una strana luce.

«Ha una sigaretta, signor Morris? "Ha detto all'improvviso." ho finito.

«Mi dispiace, tenente», si lamentò Karl. È passato un po' di tempo da quando li ho finiti anch'io.

Helmut frugò in tasca per prendere il portasigarette, ma un superbo calcio di Karl lo fermò. Un ufficiale inglese distribuiva le sigarette a tutti e la conversazione proseguiva animatamente.

"Ciao Jenny!" disse il tenente Jenkins dopo un po', alzandosi. Karl girò la testa. Dietro di lui c'era la ragazza che poco prima lo aveva scelto come destinatario della sua canzone. Aveva scambiato il suo vestito bianco fluente con un vestito giallo da strada , in cui era veramente bella. Si alzarono tutti in piedi.

«Permettetemi di presentarvi questi signori», disse Jenkins, «i signori Morris e Sheffield, entrambi cacciatori. Miss Jenny Saife.

Entrambi i giovani si inchinarono rispettosamente. Li ha restituiti con un sorriso piacevole.

"All'inizio credevo che fossi francese", disse Karl, invitandola a sedersi, "hai una perfetta padronanza della lingua di Molière.

"Ho qualcosa di francese, davvero. Sono nato in Danimarca, ma ho vissuto la maggior parte della mia vita in Francia e Inghilterra e sono a Capetown da circa un anno. Ragazzi, siete nuovi in città, giusto?

"I signori" interruppe Jenkins "sono cacciatori, come vi ho già detto. Sono appena arrivati dall'interno con un carico di pellicce che intendono commerciare in città.

"Pellicce? Hai già un acquirente? chiese Jenny.

"Nessuna signora; non conosciamo nessuno qui, ma lo troveremo.

"In tal caso," continuò la ragazza, "forse posso aiutarti.

"Voi?

"Sì. Conosco il principale conciatore e commerciante di pellicce da queste parti. Intendo Tony" disse la giovane, rivolgendosi al tenente Jenkins.

"Beh è vero!" egli esclamò. "Come è possibile che non mi sia venuto in mente prima?

Il sangue di Helmut si gelò. Senza dubbio si riferivano all'uomo che stavano cercando, l'agente tedesco.

"Se non ho intenzione di disturbarti, ti sarei grato se potessi mettermi in contatto con lui", chiese Karl, imperturbabile.

"Lo farò molto volentieri" assicurò Jenny. «Accade così che abita qui vicino; Io stesso ti accompagnerò.

L'orchestra iniziò le prime battute di "Perfidia", il famoso brano di danza spagnola che all'epoca era di gran moda in tutta Europa. A Karl sembrava che ci fosse qualcosa di perfido nel comportamento di tutti. In Jenkins, in Jenny e in se stesso.

"Mi inviti a ballare? "chiese la ragazza, rivolgendosi a Karl.

Karl lasciò il suo posto e in compagnia di Jenny si diresse verso la pista da ballo. Le avvolse il braccio destro intorno alla vita e si mescolò alle altre coppie.

"Stai cacciando da molto tempo? chiese Jenny all'improvviso.

"Penso di averlo fatto per tutta la vita. L'Africa non ha segreti per me.

"È strano", ha continuato. Balli molto bene per aver vissuto gran parte della tua vita tra le bestie.

"È una semplice intuizione. Ho un orecchio straordinario per la musica e non è difficile per me seguire il ritmo di una melodia semplice.

Entrambi tacquero. Jenny teneva gli occhi fissi sul viso di Karl, e Karl continuava a guardare Helmut, immerso in un'animata conversazione con gli ufficiali inglesi.

"Sei inglese?" chiese la ragazza.

"Sì, anche se, come ti ho già detto, ho vissuto quasi sempre in Africa.

"Il tuo paese è in guerra. Non farà niente per lei?

Karl ha avuto un groppo in gola.

"Farei volentieri per il mio Paese quello che mi chiede, anche se fosse la mia stessa vita.

Jenny fissò i suoi occhi azzurri nei suoi, come se cercasse di leggere i suoi pensieri. Karl sentì che la mano destra della ragazza esercitava una leggera pressione sulle sue dita e che il suo corpo premeva contro il suo, accorciando la distanza tra loro.

"Avresti il coraggio di penetrare in una base navale nemica per ottenere informazioni? "Chiese, sottolineando le sue parole.

Carlo rabbrividì. Per un momento l'impenetrabile oscurità gli annebbiava gli occhi e sentì le gambe indebolirsi.

«Sì, anche questo andrebbe bene» concluse infine.

L'orchestra finì le ultime battute ed entrambi tornarono al tavolo. Gli ufficiali inglesi furono attenti alle spiegazioni e ai dettagli che Helmut escogitò sulla caccia ai serpenti, senza dubbio ispirati da un eccesso di whisky.

"Si sta facendo tardi," disse Jenny, senza sedersi. «Se lo desideri, ti accompagno a casa di Tony.

"Penso che sarà per il meglio", ha detto Karl.

Entrambi gli amici salutarono gli ufficiali inglesi, e in compagnia della ragazza stavano per lasciare la stanza quando il tenente Jenkins gridò loro:

"Rimarrai a lungo in città?

"Forse qualche giorno", rispose Karl. "Finché non vendiamo tutte le nostre skin.

«Dunque, domani ti aspetteremo di nuovo qui. Il signor Sheffield deve finire di raccontarci come si cacciano i serpenti.

"Non mancheremo" ha aggiunto Helmut. Ti spiegherò anche come dovrebbero essere curati i suoi morsi.

Karl e Helmut, accompagnati da Jenny, uscirono in strada.

CAPITOLO IX
TONIO

La campana della casa del conciatore suonò allegramente. Vedendo che nessuno rispondeva alla chiamata, Helmut insistette di nuovo. Poco dopo la porta si spalancò, nel varco apparve il volto nero del servitore, il quale, dopo aver posato attentamente gli occhi su Jenny, finì per farli entrare.

«Il signore è appena arrivato», disse. "Ho già annunciato la sua precedente visita e ti prega di entrare nella stanza.

Karl ha maledetto la sua improvvisazione mille volte. Guardò di sottecchi Jenny e gli sembrò che la ragazza sorridesse discretamente.

Il nero li ha invitati a sistemarsi su due sedie a rete, per poi scomparire dietro alcune tende di canapa. Passarono alcuni minuti, durante i quali sia le amiche che Jenny mantennero un profondo silenzio. Poco dopo si aprirono di nuovo le tende e sulla scena apparve un uomo sui quarantacinque anni, alto e magro. I suoi occhi, luminosi e commoventi, somigliavano a quelli di una volpe, e la sua andatura ricordava a Karl i grandi felini del parco di Amburgo.

"Che bella sorpresa, Jenny! "Ha detto, piegandosi il più possibile davanti alla ragazza e baciandole la mano." A cosa devo una visita così inaspettata?

Karl e Helmut si erano alzati in piedi e la giovane donna condivideva il suo sguardo con i tre uomini.

"Per caso" ha detto "ho incontrato questi signori oggi. Hanno un grosso carico di pellicce e ho pensato che potrebbe interessarti. Sono i signori Morris e Sheffield, cacciatori. "Poi rivolgendosi a Karl e Helmut, ha aggiunto: "Questo è il signor Andreotti.

Si fece avanti quel tanto che bastava per stringere la mano ad entrambi gli amici.

"Wow, wow! egli esclamò. Skin, eh? Che tipo di pelli?

"Per lo più buono", rispose Karl. "Leopardo e serpente. Ma abbiamo una volpe nera, un leone e un bue.

"Dove sono loro?

"A dieci miglia da qui, appena avremo un mercato li porteremo.

"Penso che la mia presenza non sia di alcuna utilità," disse Jenny, alzandosi. "Aspetterò finché non avranno finito di passeggiare in giardino" e senza aspettare oltre lasciò la stanza.

"Hai cacciato molto?" chiese Andreotti, prendendo una sedia di fronte ai suoi visitatori.

"Così così", rispose Karl.

"Grandi pezzi?

"Alcuni hanno superato le seimila tonnellate.

"Come? Hai intenzione di ridere di me?" chiese Andreotti con un'espressione impenetrabile.

"Assolutamente no," negò Karl. Il "Cacciatore" raggiunse gli ottomila chili e il "Clement" e il "Trevanion" superarono i cinquemila.

"Non ho mai sentito nomi simili. Sono pezzi rari?

"Raro, sì; ma non terrestre, ma marittimo. Ora sono un mucchio di spazzatura informe sul fondo dell'oceano; ma pochi giorni fa hanno solcato i mari sotto bandiera inglese.

Andreotti si alzò e andò piano piano a un piccolo armadietto da cui tirò fuori una bottiglia di cognac e tre bicchieri. Ne mise due su un tavolo davanti a Karl e Helmut e poi li riempì.

"Cosa vuole da me? "Chiese, fissando il liquore che cadeva nei bicchieri.

Karl tese la mano, una busta blu che sporgeva dalle sue dita.

"Questo è per te", disse. Leggilo e saprai cosa vogliamo.

Andreotti strappò la busta, estraendone un foglio altrettanto azzurro. Lo aprì lentamente e si immerse nella lettura del suo contenuto. Helmut sentì la fronte bagnata di sudore freddo. Potevano davvero fidarsi di quest'uomo? Come disse loro Langsdorff, era austriaco e viveva tra gli inglesi da molti anni. Quale sarebbe la sua vera posizione? Non li condurrebbe in una trappola? Perché non aveva informato il Graf Spee?

Tony Andreotti ha terminato la lettura, ha piegato il foglio e gli ha dato fuoco con un fiammifero. Quindi chiuse le porte e tirò le tende di canapa.

«Non sei senza coraggio», disse, «ma sei entrato nella fossa dei leoni. Non ho potuto informare il capitano Langsdorff perché mi è stato del tutto impossibile farlo. Gli inglesi da molto tempo sospettano di me, sebbene sappiano nasconderlo benissimo; Devi ammettere che non sono stupidi. Ho una stazione nel mio capanno per l'asciugatura delle pellicce fuori città, ma non posso avvicinarmi, perché gli inglesi l'hanno localizzata e la sorvegliano costantemente perché qualcuno la usi. Ho provato ogni mezzo immaginabile per comunicare con te, ma tutti hanno fallito.

"Qualcosa del genere pensavamo", disse Karl.

"Come ci sei arrivato?

«Utilizzando un motoscafo che abbiamo nascosto a circa otto miglia a nord.

"Come hai conosciuto Jenny?

"Ci è stata presentata da alcuni ufficiali inglesi qualche tempo fa; in una sala che è in una piazza qui vicino e di cui non ricordo il nome.

"Ufficiali dite? Conosci i loro nomi?

"Me ne ricordo solo uno. Tenente Jenkins.

"Jenkin!" esclamò Andreotti. «Proprio Jenkins! È incaricato di vegliare su di me giorno e notte. In questo momento sarà in giro per casa in attesa di vedere o sentire qualcosa.

"Sembravano molto amichevoli", ha detto Helmut. «Non credo che sospettino di noi.

"No, eh? Non fidarti delle apparenze. Quali oggetti portano?

"Quasi niente", rispose Helmut. Il fazzoletto, qualche sterlina e le sigarette.

"Che tipo di sigarette?

"Kub.

"Dammelo subito" ordinò Andreotti, togliendo di mano ambedue le azioni corrispondenti. «Ti è mai venuto in mente che gli inglesi sarebbero molto sorpresi se due cacciatori dell'interno fumassero sigarette tedesche?

Helmut capì allora perché il suo amico gli aveva dato quel calcio superbo un'ora prima.

"Va tutto molto bene", disse Karl. "Ma ciò che ci interessa di più è che ci fornisci le informazioni per cui siamo venuti in modo da poter partire immediatamente.

"Andrà tutto bene. Dimmi prima dov'è il «Graf Spee».

Karl esitò per un momento.

"Qui vicino" disse infine.

"Esattamente dove?

"Per il momento gli basterà sapere che cammina in queste acque", rispose Karl.

"Vedo che non si fidano di me. Non posso biasimarlo. Ora ascoltami attentamente. Marcerò con te il prima possibile. Se fosse ancora qui, presto sarebbe stato arrestato. Probabilmente avremo difficoltà e forse qualcuno non riuscirà a raggiungere la «Graf Spee». Ecco perché è necessario che noi tre sappiamo a cosa è interessato il capitano Langsdorff in modo da poterlo informare sul suo conto indipendentemente dalla sorte degli altri due. In questo momento, "ha continuato," una potente formazione navale inglese sta navigando a tutto vapore qui avanti. È composto dall'incrociatore pesante "Renown" e dalla portaerei "Ark Royal", con a bordo cinquantotto aerei, oltre a quattro cacciatorpediniere. È necessario che i "Graf Spee" lascino immediatamente queste acque e cerchino una nuova area di operazioni,

"Langsdorff aveva pensato di salpare per l'Oceano Indiano", ha detto Karl.

"Ottima idea!" Andreotti approvò: «In detto mare gli inglesi non hanno una forza notevole, al massimo qualche cacciatorpediniere che non comporti un serio pericolo per il «Graf Spee».Più a sud, sulla costa americana, l'Inghilterra ha un'altra formazione navale in continuo movimento. È composta dagli incrociatori "Cumberland", "Exeter", "Ajax" e "Achilles", comandati dal commodoro Harwood. Un incontro con la nostra corazzata potrebbe metterla in guai seri, ma mai come se fosse costretto a incontrare la Fama in un combattimento impari.

In quel momento qualcuno bussò a una porta. Andreotti fece cenno a Helmut di aprirlo, e Helmut lo fece. Jenny entrò nella stanza.

"Penso che il prezzo sia un po' esagerato", disse l'agente tedesco, rivolgendosi a Karl e facendo finta di non essersi accorto della presenza della ragazza.

"Ci sono prezzi", ha detto, "che non sono mai esagerati.

CAPITOLO X
UNA DONNA COME TANTE

Andreotti si voltò lentamente verso Jenny, che era intenta a raccogliere i gambi di un piccolo mazzo di fiori vari, recisi nel giardino di casa.

"Lo pensi così? "chiese.

"Naturalmente," rispose lei, sorridendo. "Sono sicuro che ciò che questi signori vi offrono vale più che quello che chiedono.

"Deve essere vero se lo dici tu", rispose Tony. Rivolgendosi poi a Karl, ha proseguito: "Se le pelli sono della qualità che mi hai assicurato, sono disposto a tenere l'intero lotto se mi fai uno sconto del dieci percento sul prezzo inizialmente negoziato.

«D'accordo», disse Karl alzandosi. «Ordinerò immediatamente ai miei facchini di portare il carico a Città del Capo. Domani, o al massimo dopodomani, saranno qui.

"Hai già un alloggio?" chiese Andreotti.

"No. Siamo arrivati solo cinque ore fa e non siamo stati in grado di affrontarlo.

«In tal caso sarei molto onorato se accettaste la mia modesta ospitalità. La mia casa è semplice e priva di lussi, ma ti sentirai meglio in essa che in qualsiasi hotel della città, dove la pulizia più elementare è evidente per la sua assenza.

"Ma. "Karl ha avviato una piccola protesta" abbiamo paura di causare disagi.

"Assolutamente no! " disse l'agente tedesco. La sua compagnia mi sarà molto piacevole. A proposito, avete cenato ragazzi? No? Ordino subito di preparare qualcosa.

Andreotti si avvicinò a un'estremità della stanza, suonando un gong su un tavolino. Passò appena un minuto, le tende di canapa si aprirono e apparve la massiccia figura dell'uomo di colore.

"Togo" disse il suo padrone, "ordina a tua moglie di preparare una buona cena per... Tu, hai già mangiato, Jenny? "Ha chiesto alla ragazza." Sì?... per due persone.

Il Togo è scomparso rapidamente. Helmut trovava deliziosa la prospettiva di un buon pasto. Non avevano mangiato un boccone per molto tempo prima di lasciare il motoscafo, e lui si sentiva come se il suo stomaco fosse stato "stirato" da un rullo compressore.

"Devo andare adesso," disse Jenny, facendo una mossa per alzarsi. "La mia missione è finita.

"In nessun modo! Andreotti protesta. "A meno che tu non abbia un impegno inevitabile.

"No, non ho alcun impegno" assicurò la ragazza. "Ma questi signori saranno stanchi e vorranno presto andare in pensione.

"No, signorina," negò Helmut. "Siamo abituati a dormire poco. Poche ore sono sufficienti per riprenderci completamente. Inoltre, con questo caldo opprimente, potremmo a malapena addormentarci.

"Faresti meglio a restare" disse Andreotti. «Evidentemente questi signori non sono abituati a stare in compagnia di ragazze così graziose.

"Grazie, Tony", ringraziò. "Sei molto galante.

Jenny si sedette di nuovo. Karl ora guardava la ragazza con particolare interesse e doveva ammettere che era davvero molto carina. Si chiese quale mistero nascondesse la vita di Jenny e quale fosse stata la sua vera esistenza. Attualmente stava ballando in un locale notturno di Capetown; ma cosa avrebbe fatto in passato? Quale lunga catena di disagi e sofferenze avrebbe dovuto sopportare forse?

La ragazza girò leggermente la testa e i suoi occhi incontrarono i suoi. Per molto tempo si fissarono in silenzio. La dolcezza dei lineamenti di Jenny fece una profonda impressione su Karl. Nei suoi occhi azzurri, che cominciarono ad affascinare il tenente tedesco, rifletteva una calma e una serenità che lo impressionarono profondamente, mentre nella sua bocca, perfettamente delineata, si poteva intuire un lieve accenno di amarezza.

Andreotti si schiarì deliberatamente la voce e Karl tornò alla realtà. Helmut si divertiva a preparare un "cocktail", mescolando a tale scopo, in un apposito contenitore, parte del contenuto di tutte le bottiglie che trovava all'interno del mobile bar. L'impasto assunse un colore nerastro indefinito, ma il sapore non era sgradevole.

Togo riapparve di nuovo, annunciando che la cena era stata servita, e il padrone di casa condusse entrambi gli amici e Jenny nella sala da pranzo. Il cibo era succulento e tutto passava in animate conversazioni. Soggetti disparati come la guerra, la caccia alle bestie feroci, nella cui tecnica Helmut finì per consacrarsi a vero notabile, si sfiorarono la letteratura e la musica. Karl si accorse subito che Jenny aveva una cultura insolita, cosa che lo sorprese, visto l'ambiente in cui viveva. Dopo il dessert, la ragazza espresse il desiderio di partire e Karl si offrì volentieri di accompagnarla.

"Sei una donna strana", disse, quando entrambi erano già in strada.

"Come mai?

"Hai una cultura notevole. Conosce la maggior parte dei classici inglesi, tedeschi e spagnoli ed è anche coinvolto nella letteratura moderna. Questo, e perdonami, non è in linea con... il tuo modo di guadagnarti da vivere.

Karl si pentì immediatamente di aver parlato così bruscamente. Il viso di Jenny rifletteva una profonda tristezza. Camminarono a lungo in silenzio, attraversando diverse strade, la maggior parte poco illuminate.

"A volte" disse la ragazza "non ci è permesso, per necessità imperativa, di scegliere il tipo di vita che avremmo voluto. Non ballo in una discoteca per piacere, signor Morris, ma perché, in questo momento, Ne ho bisogno per continuare a vivere.

«Chiedo scusa, Jenny», chiese umilmente Karl. «Non volevo turbarla. Sicuramente non sapevo come esprimere quello che stavo cercando di dire. Voglio dire che, avendo un'educazione più che attenta, non ti sarebbe difficile trovare un altro tipo di lavoro più adatto a te.

"L'ho cercato ripetutamente, ma non sono riuscito a trovarlo.

"Perché non mi parli della tua vita, Jenny?" chiese Carlo.

"Sei davvero interessato? chiese, fissandolo.

"Sì, sono molto interessato.

"Ti farò un breve riassunto. Sono nato, come ti ho detto prima, in Danimarca; Quindi sono danese di nascita. Quando ero molto giovane i miei genitori, che allora godevano di una posizione comoda, mi mandarono a studiare in Francia, dove per molti anni ho alloggiato in una lussuosa pensione. Quando avevo quindici anni i miei genitori morirono in breve tempo, lasciandomi una cospicua fortuna, gestita come tutore da un mio cugino molto più anziano. Non ho mai saputo esattamente cosa fosse successo, ma il risultato fu che in breve tempo mi trovai nella miseria più totale. Indifeso andai allora a chiedere protezione ad alcuni lontani parenti, dai quali speravo di ricevere aiuto in compenso di antichi favori ricevuti da mio padre. Ma nessuno ha voluto servirmi a pretesto vari motivi che sono irrilevanti. Abbandonai la scuola e riuscii a trovare lavoro come dattilografa negli uffici di un esportatore di vino, che la mia famiglia conosceva da anni. Era un brav'uomo e mi trattava con tutta considerazione, pagandomi molto più di quanto il mio lavoro meritasse e badando anche alla mia sicurezza su richiesta di un padre. Ma dopo due anni morì anche lui ei suoi eredi liquidarono l'attività. Mi sono rivisto per strada, completamente solo. Poi sono andato in Inghilterra, entrando al servizio di una signora anziana, come scorta. Era una donna cattiva ed egoista, con la quale ho dovuto sopportare a lungo, perché mi era impossibile trovare qualcosa di meglio, ogni tipo di sofferenza e di insulto. Non potendo più resistere, un giorno l'ho lasciata per entrare nel gruppo di ballo di una compagnia di riviste; lo stipendio era ridicolo e il trattamento pessimo, ma mi ha permesso di togliermi dai guai e ho continuato a viaggiare per gran parte dell'Europa. Alla fine, tramite alcuni amici, ho ottenuto un buon collocamento presso un'azienda di legname a Capetown, ma subito dopo essere arrivato qui, l'azienda è fallita. Ormai sai qual è il mio lavoro. Daniel, il proprietario del locale notturno, nonostante il suo carattere un po' burbero a volte, è in fondo una brava persona. Mi paga più di quanto io possa spendere, e "concluse Jenny" è così.

Per il resto lo fecero in silenzio. All'improvviso la ragazza si fermò.

"Io vivo qui", ha detto. "Come puoi vedere, è una casetta un po' isolata, ma è carina e ha un grande giardino sul retro. Lo condivido con due ragazze che lavorano nell'ospedale militare della Marina. Tra i tre otteniamo relativamente economici.

CAPITOLO XI
SUBLIME SACRIFICIO

"Jenny! disse Karl, prendendo le mani della giovane donna nelle sue. "Sei mai stato veramente felice?

La ragazza è stata lenta a rispondere. Alla fine lo fece, la sua voce appena udibile, gli occhi bassi.

"Mai! Penso mai. Ricordo solo di essere stato felice quando, da bambino, giocavo nella foresta della nostra casa a Copenaghen. È molto difficile vivere da solo al mondo!

"Sì, Jenny. So qualcosa di cosa si tratta.

I suoi occhi incontrarono improvvisamente i suoi con tutta la forza del fascino che Karl aveva già osservato.

«Dimmi, signor Morris, qual è il tuo vero nome?

Karl ha avuto un groppo in gola.

"Non ho altro nome che questo" assicurò con poca convinzione. "Mi chiamo Morris, Arthur Morris sono inglese e la mia professione è dare la caccia alle bestie per sfruttare la sua pelle. Pensavo di averlo già detto.

"No, amico mio" negò la ragazza. "Non sei né inglese né un cacciatore di selvaggina, né il tuo vero nome è Morris. Chi sei?

Carlo non ha risposto.

"A parte il nome" continuò Jenny, "gli altri due estremi li conosco perfettamente. Tu e il tuo amico siete tedeschi, e la ragione per essere a Capetown non è vendere pellicce, ma conoscere i movimenti e le intenzioni degli inglesi.

"Sei molto intelligente", disse Karl ironicamente. "Posso sapere in quale assurdo caso così grande?

"Non è assurdo né è una mia libera assunzione. So soltanto. Conosco perfettamente da molto tempo qual è il vero lavoro del signor Andreotti, anche se non sa che conosco le sue attività. L'astuzia di una spia può essere più che sufficiente per ingannare un uomo, ma non l'intuizione di una donna. L'ho sospettato subito, soprattutto per il suo forte interesse ad ottenere informazioni dagli ufficiali inglesi, e l'ho verificato in seguito. Quanto a te, sapevo chi eri poco prima di lasciare la discoteca stasera. Il comportamento del tuo partner, principalmente, mi ha fatto capire; il suo shock quando ho nominato Tony, le loro folli storie di caccia, il loro abbigliamento, sconveniente per i cacciatori di selvaggina, i loro volti leggermente bruciati dal sole e la tua conoscenza della danza moderna, erano indizi più che sufficienti per far aprire gli occhi a chiunque. Più tardi, a casa di Andreotti, i pochi dubbi che mi erano rimasti scomparsi. Perché stasera hai chiuso porte e finestre nel caldo opprimente? Era una precauzione inutile occuparsi di una semplice vendita di pellicce, non credi?

Karl aveva seguito le spiegazioni di Jenny con il viso velato e la fronte sudata. Basterebbe una sola parola della ragazza perché lui e Helmut venissero subito arrestati e internati in un campo di concentramento. Ma c'era qualcosa, qualcosa che non potevo definire, che gli diceva che Jenny non li avrebbe mai traditi.

"Come ti chiami?" chiese la giovane, in tedesco.

"Karl" disse, incapace di evitarlo. Karl Weber. Ora puoi avvisare la polizia se lo desideri.

La ragazza avvicinò lentamente il suo viso al suo. Karl poteva già sentire il respiro profumato di Jenny sul suo viso. Automaticamente circondò la vita della giovane donna, attirandola a sé e unì le sue labbra alle sue.

"Karl" disse Jenny poco dopo, con la testa appoggiata sulla spalla del tenente tedesco "devi fuggire immediatamente; Dovete fuggire entrambi, tu e...

"Helmut.

"... e Helmut. Non sono l'unico che se ne è accorto; anche il tenente Jenkins sospetta qualcosa. Se non lo fai, non ci vorrà molto prima che tu venga arrestato, e non voglio che ciò accada, perché... ti amo, Karl.

Era ancora intorno alla sua vita, ma i suoi pensieri erano molto lontani da lì, molto più a nord, in Europa, in Germania. Ricordava Naty, la sua adorata Naty. Si sentiva un po' in colpa. Se Naty lo sapesse...!

«Non possiamo partire stasera, Jenny», disse infine. "Sicuramente siamo sotto sorveglianza e la nostra improvvisa partenza alimenterebbe i sospetti. Domani, con il pretesto di andare a cercare i portatori, fuggiremo.

"E non ti vedrò mai più" singhiozzò la ragazza. "Finalmente ho trovato la felicità e mi passa accanto come una folata di vento.

"Sì, Jenny; ci rivedremo un giorno "assicurò Karl, non molto sicuro di quello che stava dicendo". Quando tutto questo sarà finito.

«Vai, Karl, vai subito! "ha chiesto con le lacrime agli occhi." Vai con i tuoi e che Dio ti protegga.

La ragazza si liberò del suo abbraccio e, aprendo la porta di casa, scomparve dentro.

«Addio, Jenny», disse Karl. Ma Jenny non poteva più sentirlo...

Sulla via del ritorno a casa di Andreotti, lo trovò impegnato in una serie di preparativi.

"Grazie a Dio sei tornato," disse. "Con l'alba dobbiamo cercare di fuggire. Uno dei miei uomini è venuto a informarmi che gli inglesi hanno in programma di indagare sulla sua vera personalità domani. Ho fatto preparare tre cavalli per poter raggiungere il motoscafo e con esso il "Graf Spee" il più velocemente possibile.

"Non ti va di lasciare tutto questo? chiese Carlo. "Qui viveva come un principe, i suoi affari andavano a gonfie vele e non gli mancava nulla.

"Sì, lo sentirò in parte" ha risposto Andreotti. "Ma non troppo. Ho deciso da tempo che un giorno dovrò lasciare Città del Capo, e questo giorno è arrivato. Voglio invece un po' di riposo, la mia salute è spezzata dalla tensione nervosa in cui ho vissuto in questi ultimi anni. Ho notevoli risparmi all'estero e ho intenzione di utilizzarli per trascorrere il resto della mia vita senza preoccupazioni.

«Dov'è il tenente Berling? chiese Carlo.

«Al piano di sopra, riposando un po'.

Poco dopo, Karl raggiunse Helmut, che giaceva a gambe incrociate su un letto, fumando tranquillamente una sigaretta.

«Non addormentarti», consigliò Karl. Entro quattro ore dovremmo essere in viaggio.

"Non preoccuparti, non mi addormenterò. Ho bevuto troppo caffè e per me sarebbe impossibile. Hai finalmente lasciato la ragazza? "Dove?

"Nella sua casa.

"È una ragazza molto carina, ma mi sembra un po' pericolosa.

"Pericoloso? chiese Karl. "No, non lo è. Sa chi siamo da quando ci ha visti. Inoltre, l'ho confermato.

Helmut saltò sul letto come punto da una vipera.

"Cosa le hai detto?

"Sì.

"Ma sei matto?

"No, non lo sono. Jenny non dirà niente.

"Non dici niente, eh? Mi hai picchiato tutta la notte, per cui mi fa ancora male lo stomaco, per le mie piccole indiscrezioni, e ora si scopre che dici tutto alla prima donna che ti guarda con la mucca occhi. Sembra una bugia! "Helmut girava per la stanza con le mani sulla testa. " Che imprudenza, mio Dio, che sconsideratezza! Queste passioni tempestose che innalzi ovunque andrai, finiranno per esserci fatali.

"Calmati amico! chiese Carlo. "Vi assicuro che non accadrà nulla a causa sua. Ti parlerò di Jenny più tardi.

"Più tardi? Quando? Quando siamo con l'acqua fino al collo? Che bella situazione! Da una parte gli inglesi e dall'altra la giungla con i suoi amichevoli e infelici vermi. Comunque, avrò un doppio cognac da dimenticare: «Helmut è scomparso attraverso la porta, seguito da Karl.

* * *

Con le prime luci dell'alba i due luogotenenti tedeschi e Andreotti lasciarono la città. Le loro cavalcature erano buone e cavalcavano a notevole velocità attraverso i boschetti e gli alberi della giungla. Improvvisamente Andreotti si fermò.

"Qualcuno ci sta seguendo", ha detto. Acceleriamo la marcia.

Mettevano i cavalli al galoppo, ma spesso dovevano fermarsi per ostacoli naturali, come aree paludose, piccoli ruscelli o vegetazione ricoperta di vegetazione.

"Ora sono sicuro che ci stanno seguendo" disse ancora Andreotti, fermando la cavalcatura. Da qui i cavalli non servono più a niente. Dobbiamo abbandonarli e continuare la marcia a piedi.

Si caricarono sulle spalle i piccoli fagotti che l'agente tedesco aveva portato con sé e si diressero verso la boscaglia.

Dopo un po' di cammino, Karl lanciò un grido di avvertimento. Un gruppo di uomini armati di fucili è corso giù per una collina vicina.

"La polizia indigena!" esclamò Andreotti. "A tutta velocità!

Stavano per continuare la loro corsa quando un uomo apparve davanti a loro che Karl riconobbe immediatamente come il tenente Jenkins. Aveva in mano una pistola, con la quale gliela puntava contro, e sulla sua bocca apparve un sorriso ironico.

"Signori, la commedia è finita! "Egli ha detto". In nome di Sua Maestà Britannica, fatevi prigionieri.

Veloce come un fulmine, Karl estrasse la pistola e sparò quasi senza mirare. Jenkins mise la mano sinistra sulla spalla destra e lasciò cadere la pistola. Un nuovo uomo apparve dal boschetto e, prendendo la mira con attenzione, sparò a Karl. Ma allora accadde qualcosa di inaspettato, qualcosa a cui nessuno pensava. Una figura, vestita con un abito bianco, apparve sulla scena e si gettò tra le braccia di Karl. Il proiettile destinato a lui si conficcò nella schiena del nuovo arrivato e Jenny, poiché era lei, cadde a terra. Andreotti ha sparato con la sua rivoltella contro colui che aveva ferito la ragazza, eliminandolo con un preciso colpo alla testa.

Karl si inginocchiò accanto alla giovane e le fece appoggiare la testa sul suo braccio.

"Jenny!" egli esclamò. "Perché l'hai fatto?

"Karl, io... ho scoperto che saresti stato arrestato e volevo dirtelo, ma... ero in ritardo. «Parlava con difficoltà, sforzandosi enormemente, e Karl si rese conto dolorosamente che la ragazza stava morendo.

Helmut aveva puntato una pistola contro il tenente Jenkins, che era appoggiato a un albero, tenendosi la spalla ferita con la mano. Andreotti, dietro alcuni cespugli, osservava la polizia indigena, che si avvicinava rapidamente.

«Jenny», disse Karl, «mi hai salvato la vita esponendo la tua. Non dovresti farlo.

«Sono felice, Karl», disse con voce rotta. "Mi hai regalato gli unici momenti veramente felici della mia vita. Ora posso dire di essere stato felice una volta. "Poi ha continuato": sto per morire...

"No, Jenny, no! "Ha urlato, facendo una mossa per prenderla tra le sue braccia e sollevarla." Ti porteremo con noi e guarirai presto.

La ragazza lo fermò con un debole gesto.

"Povero Carlo! "Lei disse". Sai che non può essere.

Il colore azzurro dei suoi occhi diventava di momento in momento più intenso e il suo respiro più difficile.

"Karl, dimmi qualcosa. Laggiù... in Germania, c'è qualcuno che aspetta il tuo ritorno... giusto?

Abbassò lo sguardo e sentì i suoi occhi annebbiarsi per un momento.

«È carina, Karl? «Chiese, accarezzando il viso del tenente tedesco.

"Sì, Jenny, è molto carina; ma non quanto te.

"Grazie, Karl" ringraziò con un debole sorriso.

"Vorrei poter fare qualcosa per te", urlò angosciato.

"Puoi farlo se vuoi. Baciami ancora una volta.

Karl si chinò sulla ragazza e premette le sue labbra sulle sue. Quando si rimise a sedere, Jenny era già spirata. Le sue guance erano bianche come la neve e i suoi occhi erano fissi nel cielo.

"Addio Jenny!" disse Karl, dopo aver gentilmente abbassato la testa della ragazza a terra." Non dimenticarti mai!

In quel momento Helmut corse dall'amico e, afferrandolo per un braccio, lo costrinse a seguirlo.

Passando davanti al tenente Jenkins, Karl si fermò per un momento.

"Hai bisogno di qualcosa? "Chiese.

"Niente grazie.

"Mi dispiace che non ci siamo incontrati in circostanze migliori.

Veloci come il vento, i tre uomini scomparvero nella boscaglia.

CAPITOLO XII
LA FUGA

Per più di tre ore hanno camminato incessantemente attraverso la giungla a passo svelto, inseguiti da vicino dalla polizia indigena. Helmut ansimò rumorosamente. I suoi polmoni sembravano pronti a scoppiare e tutto il suo corpo era materialmente coperto di sudore. Senza preoccuparsi della possibile presenza di serpenti, che gli ispiravano tanto orrore, si addentrava nel sottobosco più colorato o schizzava senza paura nelle distese fangose e nelle paludi. Malediceva tutto sottovoce, gli inglesi, Karl, l'agente tedesco e lui stesso, e si sarebbe in parte rallegrato all'apparizione di qualche rettile, sul quale aveva promesso di sfogare la sua furia.

Anche Karl, qualche passo più avanti del suo amico, correva veloce quanto lo avrebbero portato le sue gambe stanche, prestando a malapena attenzione a ciò che lo circondava. Marciava come un automa, senza capire esattamente il motivo di quel volo selvaggio. Passando davanti a un albero secco e screpolato, si tagliò in profondità il braccio con un ramo troppo basso, ma se ne accorse a malapena. Le sue mani e i suoi piedi sanguinavano copiosamente e il fango che copriva le sue ferite avrebbe causato uno spaventoso tormento a un altro che non era stato Karl, completamente ignaro della realtà. La sua attenzione era concentrata sul ricordo della lunga serie di eventi accaduti loro in poche ore. La sua partenza dalla Graf Spee, il lungo viaggio attraverso la giungla sulla strada per Capetown; gli ufficiali inglesi incontrarono nella discoteca, dove Jenny aveva cantato per lui quella canzone che credeva di sentire ancora; la cena a casa di Andreotti e il respiro profumato della ragazza e, soprattutto, la sua morte tra le braccia. Karl si chiese se non fosse stato tutto un sogno o un incubo della sua immaginazione. Ma le maledizioni che Helmut mormorava continuamente alle sue spalle lo fecero desistere da un tale presupposto: era la realtà; realtà piacevole e triste allo stesso tempo.

Andreotti è stato l'unico a mantenere la calma. Dimostrando grande pratica, senza dubbio acquisita durante il suo lungo soggiorno in Africa, si infilò con relativa facilità nella fitta vegetazione, sfruttando i sentieri più remoti e trovando le scorciatoie più inaspettate. Di tanto in tanto si fermava per un momento e ascoltava attentamente, solo per riprendere immediatamente la sua corsa vertiginosa.

Raggiunsero il fiume dove Karl e Helmut si erano visti così frettolosamente il pomeriggio precedente.

"Queste acque sono infestate dai coccodrilli", avvertì Karl Andreotti.

"Lo so" fu la sua risposta. Quindi estrasse da un pacco quattro piccoli manufatti, delle dimensioni di un'arancia, che posò con cura a terra.

"Bombe a mano" disse, rivolgendosi a entrambi gli amici. "Questo terrà lontani i Sauriani per alcuni istanti. Possiamo attirare qui l'attenzione dei nostri inseguitori, ma nient'altro è possibile.

Andreotti prese una ad una le quattro granate e, dopo aver strappato la sicura, le gettò nel fiume. Quattro esplosioni hanno scosso la giungla e altrettante colonne d'acqua sono salite a un'altezza considerevole. Senza spogliarsi questa volta, si tuffarono subito in acqua, raggiungendo poco dopo la sponda opposta.

"Ci siamo riusciti", ha detto l'agente tedesco. a passeggio!

Camminarono tutto il giorno, anche se a un ritmo più lento, e nel tardo pomeriggio erano fuori dalla portata della polizia coloniale. Andreotti si fermò presso alcuni sassi incastonati ai piedi di un basso colle, e gettato il peso, cadde a terra.

"Passeremo la notte qui", disse. Entro un'ora pioverà, e con un temporale rischieremmo di perderci. Noi tre invece siamo stanchi e abbiamo bisogno di mangiare qualcosa e riposarci per qualche ora. Con l'alba faremo il resto del viaggio.

Helmut guardò il cielo. Spesse nuvole nere si stavano raccogliendo di momento in momento, assumendo un aspetto estremamente minaccioso. Un vento di burrasca cominciò a fischiare tra gli alberi, sferzando violentemente sul suo viso. I suoi vestiti erano ancora fradici e sentiva freddo. Si sedette accanto a Karl, che, con gli occhi bassi, sembrava ignaro di tutto.

"Forza Carlo! Rallegrati un po'! "Egli ha detto". Non sei da biasimare per quello che è successo. È conveniente che tu provi a superarlo, non dimenticare che dobbiamo ancora finire la nostra missione.

Andreotti tirò fuori da un sacco una bottiglia di cognac, che consegnò a Helmut. Lo stappò e costrinse il suo amico a bere un lungo sorso. Il liquore fece rivivere Karl, che sembrò immediatamente tirarsene fuori. Helmut ha messo a dura prova la bottiglia, non lasciandola andare finché il suo stomaco non l'ha comandato imperativamente.

"Ora" disse Andreotti "cercheremo una grotta, abbondante in questa regione, dove poterci rifugiare. L'acquazzone sarà grande.

Dopo una breve ricerca trovarono una piccola grotta, all'interno della quale si rifugiarono. Un fulmine, seguito da una luce abbagliante, squarciò il cielo e segnò l'inizio di un terribile temporale, così frequente ai tropici.

Con dei ceppi secchi trovarono di accendere un fuoco, al cui calore si avvicinarono. La giungla era silenziosa. I suoi abitanti avevano taciuto, terrorizzati senza dubbio dal rombo del tuono, e solo questi e il suono monotono delle spesse cortine d'acqua che cadevano dalle nuvole turbavano il silenzio regnante.

"Dobbiamo essere consapevoli. In queste occasioni le bestie cercano riparo ovunque e potremmo avere una visita spiacevole.

Andreotti sfilò il revolver, lo asciugò con cura e lo caricò di munizioni prelevate da una piccola custodia di tela impermeabile. Karl e Helmut hanno seguito l'esempio.

Per tutta la notte non ha smesso di piovere. Con le prime luci del giorno ripresero la marcia, arrivando nel primo pomeriggio nel luogo dove avrebbero lasciato nascosto il gommone. Ma anche se lo hanno cercato ovunque, non sono riusciti a trovarlo.

CAPITOLO XIII
LA FINE DI UNA SPIA

"Wow! Ci serviva solo questo" disse Helmut. Allora, cosa possiamo fare adesso?

"Beh, ragione", disse a sua volta Andreotti. Discutere, per vedere se troviamo un modo per raggiungere il motoscafo.

«Sono abbastanza sicuro che questo fosse il posto giusto.

Karl continuava a riconoscere la riva, camminando incessantemente da una parte all'altra.

"E non ti sbagli", assicurò l'agente tedesco. Questa notte il mare è stato molto mosso e sicuramente le onde avranno rotto l'ormeggio e trascinato la barca.

"Ma se lo lasciamo, a terra! Helmut protestò.

"Esattamente dove?

«Ecco. Accanto a quegli scogli. «Helmut stava indicando col dito alcuni scogli alle sue spalle, a una cinquantina di metri dall'acqua.

"Essere così" ha proseguito Andreotti, la cosa è chiarissima. La marea è arrivata alta, come puoi vedere dai segni lasciati alle spalle, e lui l'ha portata via.

"Ho ordinato ai marinai" disse Karl "di avvicinarsi il più possibile alla costa. Forse possiamo localizzarli.

I tre iniziarono a scrutare attentamente il mare. Improvvisamente Helmut gridò.

"Eccoli, eccoli. Sulla destra, a circa due miglia da qui.

Elettivamente, nel luogo indicato da Helmut potevano vedere un punto nero indeterminato, ma logicamente presumevano che fosse il motoscafo. Passarono più di un'ora a gridare, gesticolare e sventolare rami e stracci bianchi, ma era tutto inutile. Accesero un fuoco, sperando che il fumo sarebbe stato facilmente visto dai marinai, ma non fu così.

"Non possiamo passare tutto il giorno cercando di attirare la loro attenzione. Immagino che sappiate nuotare, giusto? chiese Andreotti.

"Penso che sia l'unica cosa che ho imparato bene in questa vita", ha assicurato Helmut.

"Beh, non perdiamo altro tempo e proviamo a vincere il motoscafo nuotando.

Andreotti disfece rapidamente i pacchi che aveva portato con sé e, estraendo quelli più piccoli, se li legò intorno alla vita, gettando via il resto del loro contenuto.

Si tuffarono in acqua e iniziarono a nuotare. Erano a metà strada quando il sangue di Karl e Helmut si gelò. Andreotti aveva appena lanciato un grido, un grido disperato, un misto di paura, dolore e angoscia. Karl si voltò rapidamente e per un momento poté vedere il viso dell'agente tedesco contorto in una smorfia orribile, prima che scomparisse sott'acqua.

"Squali! "Ha detto Karl, e immediatamente ha iniziato a nuotare con tutte le sue forze, seguendo Helmut, che all'epoca stava battendo tutti i record mondiali.

Percorsero circa trecento metri senza essere attaccati da nessuno squalo, e Karl intuì che quello che aveva fatto a pezzi Andreotti doveva essere un esemplare isolato. Ma non hanno rallentato per questo.

"Ci hanno visto, ci hanno visto! "Helmut ha urlato pochi minuti dopo. Vengono da questa parte.

Poco dopo, entrambi gli amici, aiutati dai due marinai, salirono a bordo del motoscafo completamente esausti.

Poiché il "Graf Spee" non li aspettava fino alla notte successiva, trascorsero il resto della giornata e l'altro navigando intorno al luogo indicato da Langsdorff per l'incontro, con grande disperazione di Helmut, che aveva ormai dato un buon conto della bottiglia di sherry.

Alla fine avvistarono una luce in lontananza che diventava più grande man mano che si avvicinava, e presto furono sul ponte della corazzata, di fronte a Langsdorff, che strinse loro calorosamente la mano in segno di benvenuto.

Raccontarono in poche parole tutto quello che era successo loro da quando avevano lasciato la Graf Spee, Karl tacendo prudentemente su Jenny. Inoltre informarono il capitano della morte e delle circostanze di Andreotti e lo informarono della pronta presenza in quelle acque di una potente formazione navale inglese composta dall'incrociatore «Renown», dalla portaerei «Ark Royal», con sessanta velivoli, e quattro cacciatorpediniere. Karl espresse anche l'opinione dell'agente tedesco che la cosa più opportuna sarebbe quella di andare nell'Oceano Indiano, dove l'Inghilterra non aveva unità potenti, così come la presenza nelle acque latinoamericane di uno squadrone composto dagli incrociatori «Cumberland », «Exeter», «Ajax» e «Achille». Langsdorff si è sinceramente congratulato con loro per il felice successo della sua impresa,

CAPITOLO XIV
PERSEGUITO

Il 14 novembre il corsaro tedesco stava già navigando attraverso il Canale del Mozambico. Era riuscito ad attraversare la punta del Capo di Buona Speranza senza incidenti, nonostante la stretta sorveglianza che gli inglesi stabilirono in quella zona con navi di piccolo tonnellaggio.

Il giorno successivo una nave di piccolo dislocamento, la "Africa Shell", fu avvistata, colpita da un siluro, e affondò rapidamente.

Il vice ammiraglio Wells venne a conoscenza dell'affondamento della «Africa Shell», esattamente il diciottesimo, e si diresse rapidamente con forza «K» verso il meridiano del Capo con lo scopo di intercettare il ritorno della «Graf Spee» nell'Atlantico, poiché il comandante inglese supponeva che, poiché la nave corsara avrebbe presto dovuto intraprendere il suo ritorno in Germania, quella fosse l'unica via possibile.

La sorveglianza della forza «K» è stata inutile. A causa del maltempo, l'aereo non poteva decollare e senza di esso era quasi impossibile trovare la corazzata. In considerazione di ciò Wells decise di recarsi a Città del Capo per far riposare gli equipaggi delle sue navi, ma poche ore dopo l'ancoraggio alla base inglese ricevette la notizia dell'affondamento della "Dorio Star", una nave mercantile di 1.086 tonnellate , dal "Graf Spee", trecento miglia, 270° dal confine meridionale dell'Angola. Il corsaro era tornato nell'Atlantico senza che loro avessero potuto fare nulla per impedirlo.

Wells si diresse con tutte le sue unità in un punto equidistante da Città del Capo, Port Stanley e Rio de Janeiro, da cui poteva precipitarsi ovunque si trovasse la "Graf Spee". Ma Langsdorff, sospettando la manovra di Wells, si diresse verso l'Atlantico meridionale, nonostante il pericolo di cadere sotto i cannoni della flotta sudamericana, meno potente della Forza "K", ma temibile nemico.

Detta flotta sudamericana, comandata dal commodoro Harwood, era composta da quattro incrociatori: il Cumberland da 10.000 tonnellate, con otto cannoni da 208 millimetri, altri otto cannoni da 102 millimetri e otto tubi lanciasiluri da 533 millimetri. Ha sviluppato trentadue nodi di velocità. L'"Exeter", di ottomilatrecentonovanta tonnellate, armato con sei cannoni da 203 millimetri, otto cannoni da 102 millimetri, diversi cannoni antiaerei e otto tubi lanciasiluri da 533 millimetri. La sua velocità era di trenta nodi e mezzo, poco più del Cumberland. L'"Ajax" dislocava settemila tonnellate ed era armato con sedici cannoni, otto da 152 millimetri e otto da 102 millimetri, antiaerei e otto tubi lanciasiluri da 533 millimetri. L'«Achille» aveva le stesse caratteristiche del precedente.

Nei primi giorni di dicembre il "Cumberland" si trovava a Port Stanley, effettuando varie riparazioni. Harwood quindi aveva solo l'Exeter, l'Ajax e l'Achille, e fu costretto a tenerli lontani per coprire una vasta area di oltre duemila miglia.

Il 3 dicembre il commodoro ricevette la notizia dell'affondamento della «Stella Dorica» da parte del «Graf Spee», che avrebbe dovuto trovarsi nell'Oceano Indiano. La presenza del corsaro nelle acque atlantiche è stata poi confermata dal piroscafo olandese «Mapia».

Harwood ipotizzò che dopo che la Doric Star fosse stata affondata, la corazzata tedesca avrebbe cambiato rapidamente posizione, dirigendosi a sud-ovest oa nord. In quest'ultimo caso, la forza «K» gli bloccherebbe il cammino; ma se si fosse diretta a sud-ovest l'avrebbe incontrata con i suoi tre incrociatori sotto la Graf Spee. È giunto alla conclusione che potrebbe apparire all'alba del 12 dicembre nella zona di Rio de Janeiro; il pomeriggio del 12 o la mattina del 13, nell'estuario del Río de la Plata, o il pomeriggio del 14, nelle acque dell'isola di Falkland. Dove andare? Ha giustamente deciso il punto centrale, cioè l'estuario della Plata, dove il traffico marittimo era notevole. In un messaggio radio ha indicato alle sue navi «Exeter» e «Achilles» il punto d'incontro per la mattina del dodicesimo,

Studiando attentamente il problema, il commodoro inglese giunse alla conclusione che se l'incontro fosse avvenuto prima del diciassettesimo giorno avrebbe dovuto affrontare il «Graf Spee» da solo, poiché al dodicesimo giorno la forza «K» era ancora molto lontana, a circa millecinquecento miglia dal punto di incontro. Dovrebbe semplicemente stabilire un contatto mentre aspetta i cannoni della Renown e gli aerei dell'Ark Royal? Ma tale contatto potrebbe essere perso di notte e durante il giorno la visibilità dovrebbe essere costantemente al di fuori della portata dei cannoni del corsaro. Tali ragioni gli fecero rinunciare al semplice mantenimento del contatto e decidere per il combattimento, giocando abilmente la potenza di artiglieria dei suoi incrociatori con la loro divisione in tre gruppi, e con la loro mobilità, superiore a quella del suo potente avversario.

* * *

Il 3 dicembre il «Graf Spee» affondò il «Tairoa» al largo delle coste africane, dirigendosi poi verso l'America per due motivi: primo, per allontanarsi dai luoghi in cui era stato localizzato, e secondo, perché dopo l'affondamento del petroliera «Ussukuma» degli inglesi, il problema dell'approvvigionamento di carburante era diventato estremamente difficile e la situazione cominciava a essere grave per il corsaro tedesco, che stava rapidamente esaurendo le sue ultime scorte. Gli inglesi, invece, consapevoli che il piroscafo «Tacoma», ancorato nel porto di Montevideo, stava caricando gasolio e rifornimenti per il «Graf Spee», lo attendevano all'uscita dell'estuario della Plata.

Il settimo, la corazzata tascabile ha dato la caccia alle 3.895 tonnellate «Streonsalm», che attaccò con le sue duecentottanta libbre di artiglieria, navigando poi in direzione di La Plata. Il tredici vide del fumo a babordo, al limite dell'orizzonte, e si diresse verso di loro per riconoscerli.

CAPO XV
IL SEGRETO DI KARL

Dal suo ritorno alla Graf Spee, Helmut ha potuto vedere un grande cambiamento in Karl. Se era fuori servizio, trascorreva la maggior parte della giornata chiuso nella sua cabina o passeggiando sul ponte da solo e pensieroso. Se qualcuno gli parlava, si limitava a rispondere con monosillabi o con semplici movimenti del capo. Helmut ha cercato invano di far reagire il suo amico e di tirarlo fuori dallo sconforto che lo travolgeva. Era vero che Karl era sempre stato, o almeno da quando lo conosceva, un po' strano, ma ultimamente la sua stranezza si era notevolmente acuita.

Una notte, mentre la Graf Spee stava salpando per l'America, Helmut uscì in coperta con l'intenzione di fare una piccola passeggiata prima di coricarsi. Il cielo era limpido e la luna, in tutto il suo splendore, si specchiava nel mare leggermente increspato. Soffiava una piacevole brezza, di cui Helmut si riempì i polmoni. Si chinò sulla ringhiera accendendosi una sigaretta.

Non erano trascorsi cinque minuti, quando un'ombra apparsa dall'oscurità gli si avvicinò.

"Ciao Helmut!

"Buonasera, Karl" salutò.

"Non riuscivo a dormire, eh?

"No. Fa troppo caldo.

Entrambi gli uomini fumarono a lungo in silenzio. Alla fine Karl, gettando la sigaretta nell'acqua, si rivolse all'amico.

"Questo sta diventando brutto", ha detto. Avremmo dovuto essere tornati ormai e siamo ancora in mezzo all'Atlantico vessati da tutte le parti e senza sapere con certezza dove stiamo andando.

«Mi fido di Langsdorff», lo rassicurò Helmut con calma. Saprà come tirarci fuori dalla marmellata.

"Langsdorff non è infallibile. Senza cibo e carburante, nemmeno lui può fare nulla. Il gasolio sta finendo a volte e gli obici ei siluri scarseggiano. Wells e Harwood si stanno avvicinando a noi e non tarderanno a darci la caccia. Mi sembra che la Graf Spee non tornerà mai più in Germania.

"Questa è una visione molto pessimistica della situazione", ha detto Helmut, sebbene anche lui la pensasse come un suo amico.

Karl accese un'altra sigaretta e, dopo aver tirato una boccata, disse:

"Non so esattamente cosa accadrà, ma nel caso in cui le cose vadano storte e non posso tornare in Germania, voglio che ascolti attentamente una storia che ripeterai a Naty proprio mentre la racconterò a te. Allora pregalo di perdonarmi.

Helmut decise di non perdere nemmeno una sillaba di ciò che stava per sentire. Avrebbe finalmente saputo il segreto che Karl aveva custodito così gelosamente per così tanto tempo.

"Ho "cominciato il suo amico", ho ucciso il padre di Naty.

Ci fu un profondo silenzio che fu finalmente rotto da una risata di Helmut.

"Ma che sciocchezza stai dicendo? Il padre di Naty è stato fatto a pezzi da una mina esplosa durante il caricamento dello "Staal".

"Esattamente", confermò Karl. Non ero l'autore materiale, è vero; ma che il mio non era destinato a causare la morte del tenente Müller, ma il mio.

«Non ti capisco» disse Helmut.

"Ora mi capirai. Quando fui assegnato allo "Staal" subito dopo aver lasciato l'Accademia, incontrai su quella nave un tenente, il padre di Naty, e diventammo subito buoni amici, nonostante fosse molto più grande di me. Müller non proveniva dall'Accademia, ma aveva raggiunto la laurea dopo lunghi anni di servizio in Marina. Potrebbe non avere conoscenze teoriche, ma in termini di pratica ha dato centonove a qualsiasi ufficiale delle promozioni in corso. Da lui ho appreso la maggior parte delle conoscenze che ho, e lo ha divertito molto vedere come calcolare un semplice angolo di fuoco, mi sono lasciato coinvolgere in complicate operazioni matematiche che ha ritenuto del tutto inutili. Era una persona eccellente e dal capitano all'ultimo marinaio fu apprezzato e rispettato. Molti anni fa aveva sposato una ragazza, mi riferisco alla madre di Naty, che poco dopo entrò in possesso di una cospicua fortuna a causa della morte del padre. Nonostante la volontà della moglie, Müller non voleva lasciare la Marina, in primo luogo perché sentiva nei suoi confronti una vera vocazione e in secondo luogo perché non gli sembrava dignitoso vivere a spese di denaro che non gli apparteneva. Forse il suo giudizio era alquanto esagerato, ma rimase fermo nella sua decisione.

fermandoci in quanti più bar e caffè possibile, e il risultato è stato che quando è arrivato il momento di tornare allo «Staal» per andare in servizio, ero completamente ubriaco. Il padre di Naty ha cercato di rianimarmi e di convincermi ad andarmene, dal momento che non fare il mio lavoro poteva procurarmi seri danni, ma ho insistito, completamente dominato dai fumi dell'alcol, per stare con loro. Ricordo che ho insultato il padre di Naty e gli ho detto che avrei fatto quello che volevo. Egli, facendosi carico del mio stato, e perché non si notasse la mia assenza, mi sostituì. Un'ora dopo, una mina difettosa esplose mentre veniva caricata sullo Staal, uccidendo quattro uomini, tre marinai e il tenente Müller. dato che non fare il mio lavoro poteva procurarmi seri danni, ma ho insistito, completamente dominato dai fumi dell'alcol, per stare con loro. Ricordo che ho insultato il padre di Naty e gli ho detto che avrei fatto quello che volevo. Egli, facendosi carico del mio stato, e perché non si notasse la mia assenza, mi sostituì. Un'ora dopo, una mina difettosa esplose mentre veniva caricata sullo Staal, uccidendo quattro uomini, tre marinai e il tenente Müller. dato che non fare il mio lavoro poteva procurarmi seri danni, ma ho insistito, completamente dominato dai fumi dell'alcol, per stare con loro. Ricordo che ho insultato il padre di Naty e gli ho detto che avrei fatto quello che volevo. Egli, facendosi carico del mio stato, e perché non si notasse la mia assenza, mi sostituì. Un'ora dopo, una mina difettosa esplose mentre veniva caricata sullo Staal, uccidendo quattro uomini, tre marinai e il tenente Müller.

Carlo tacque. Helmut lo guardò senza fiato, una smorfia stordita sul viso.

"Da allora", continuò Karl, "non sono più riuscito a liberarmi dell'orribile ossessione che avevo incolpato della sua morte, di averlo ucciso. Colui che fino ad allora era stato il mio miglior compagno, era morto orribilmente a causa del mio comportamento indicibile. Il capitano dello «Staal» non seppe al momento della sostituzione effettuata e gli altri ufficiali che erano a conoscenza del segreto rimasero in silenzio. Ma non potevo sopportare quella situazione per lungo e un bel giorno sono andato a trovare la madre di Naty e le ho raccontato tutto. Non dimenticherò mai lo sforzo che mi ci è voluto per finire la mia storia. La signora Müller ha ascoltato attentamente fino alla fine senza esprimere alcun risentimento o emozione. Si rifletteva solo una profonda tristezza sul viso Quando ebbi finito mi disse:

"Figlio mio, non credo che tu sia più colpevole degli altri. Harold mi aveva parlato più volte di te. Sapeva che eri un buon amico e so che il tuo comportamento sarebbe stato identico al suo in circostanze opposte.

"Mi sembrava" ha detto Karl continuando il suo racconto "che il peso di una montagna fosse scomparso dalle mie spalle, che fossi tornato in vita. Ma poi la signora Müller ha voluto che conoscessi sua figlia, la figlia di un mio amico, e, sanguinosa ironia, mi sono innamorata perdutamente di Naty e lei di me. Sua madre mi chiese di non far sapere mai la verità a sua figlia, perché, come credeva, sarebbe stato più difficile per Naty perdonarmi e capire, cosa di cui era sicura, che il mio comportamento non era la causa della morte di suo padre . Passarono alcuni giorni e, disgustato dalla mia codardia, mi presentai davanti al capitano dello "Staal" e gli raccontai tutto anche lui. Fui sottoposto alla corte marziale, ma poco tempo dopo, ancora non so perché, il procedimento fu archiviato e fui reintegrato al mio posto. Da allora ho provato tante volte ad allontanarmi da Naty, ma non sono stato in grado di farlo; La amo troppo. In innumerevoli occasioni sono stato tentato di dirle la verità su quanto accaduto, ma la paura di perderla me lo ha impedito. Non voglio continuare questa farsa, e sono determinato che tu lo sappia e che mi giudichi come meglio credi. Non potevo vivere al suo fianco con un segreto del genere tra noi. Ma. "Karl ha fissato Helmut", nel caso accadesse il peggio e non potessi tornare in Germania, promettimi che le dirai tutto come ti ho detto. t vivere al suo fianco con un segreto come quello tra di noi. Ma. "Karl ha fissato Helmut", nel caso accadesse il peggio e non potessi tornare in Germania, promettimi che le dirai tutto come ti ho detto. t vivere al suo fianco con un segreto come quello tra di noi. Ma. "Karl ha fissato Helmut", nel caso accadesse il peggio e non potessi tornare in Germania, promettimi che le dirai tutto come ti ho detto.

«Hai la mia parola, Karl», disse solo Helmut.

CAPITOLO XVI
BATTAGLIA DEL RIVER PLATE

Nelle prime ore del 13 dicembre, la divisione di Harwood era a duecento miglia dalla 110a del Rio Grande do Sul. Il tempo era buono, il cielo sereno, la visibilità ottima, una fresca brezza da sud-est e il mare leggermente in ritardo nella stessa direzione. A sei ore e quindici minuti, i servizi «Ajax» hanno indicato un fumo in ritardo di 320°. Tutti i gemelli si voltarono e all'Exeter fu ordinato di riconoscere il segnale di fumo. Il comandante di detta nave informò il comandante della flotta, il commodoro Harwood, che era nell'«Ajax», che le caratteristiche del piroscafo erano quelle di una corazzata tascabile. Non poteva essere che l'«Ammiraglio Graf Spee», il temuto corsaro ricercato con insistenza per tanti mesi. La grande massa si avvicinava a notevole velocità e gli inglesi manovravano dividendosi in due bande. La "Exeter" mise il suo timone a sinistra per presentare il suo lato di dritta alla corazzata. Al suo fianco la "Graf Spee" navigava a 125° e quattordici nodi quando ha riconosciuto la divisione inglese a 19.000 metri.

Langsdorff ordinò di chiamare in azione le stazioni e in pochi secondi la nave corsara prese una vita insolita. Gli uomini correvano in tutte le direzioni per prendere le posizioni corrispondenti. Gli ufficiali distribuirono i marinai negli appositi posti, e i cannoni delle tre torri cominciarono a ruotare lentamente. Il comandante della corazzata, rendendosi conto che la fuga era del tutto impossibile, poiché gli incrociatori nemici superavano in velocità la «Graf Spee», si preparò a dare battaglia alle tre navi inglesi contemporaneamente, combattendo da entrambe le parti. Il vento era favorevole a soffiare via il fumo degli spari e la visibilità era magnifica. Langsdorff assegnò una torretta da 280 millimetri all'«Exeter», un'altra all'«Ajax» e i quattro cannoni da 150 millimetri all'«Achille».

Quattro minuti dopo l'avvistamento, alle 16:18, il «Graf Spee» ha aperto il fuoco sull'«Exeter» e sull'«Ajax» con cannoni da 280 millimetri, a una distanza di 18.500 metri. Alle 6:20 lo fece «Exeter», alle 6:21 «Ajax» e alle 6:23 «Achille». Il comandante della corazzata tedesca si rese subito conto della manovra nemica, che intendeva catturarla tra due bande, e ordinò di concentrare tutto il fuoco sull'«Exeter» per finirla. La distanza era stata ridotta a 16.500 metri e il tiro tedesco era perfetto. La prima salva non è riuscita, la seconda lunga e la terza ha biforcato la nave. L'«Exeter» ricevette una vera pioggia di schegge che a volte diminuiva la sua capacità di combattimento. Alle 6:23 uno spuntone di 280 millimetri uccise tutti i servitori del gruppo dei tubi lanciasiluri, danneggiò le trasmissioni e crivellato i fumaioli e l'intero ponte. Alle 6:24, la torre B ha ricevuto un colpo centrato, lasciandola fuori combattimento, ha spazzato il ponte e solo il comandante della nave e due marinai sono rimasti illesi. Un altro colpo distrusse il timone e le trasmissioni del posto di comando di poppa e solo una torre rispose al fuoco del corsaro tedesco. Il capitano non aveva altra risorsa che quella di salire in coperta e dirigere a mano dalla botola di governo gli ordini alle macchine, all'artiglieria e ai tubi. Alle 6:26 altri due colpi alla prua provocarono ulteriori danni, incendi e molte vittime. In appena tre minuti il "Graf Spee" aveva disabilitato l'"Exeter" a fuoco rapido, tenendo lontani da lei "Ajax" e "Achilles" con i suoi cannoni da 150 millimetri. Ma alle 6:30, Langsdorff ordinò che i cannoni del 280 fossero puntati sull'"Ajax" e che la corazzata si avvicinasse all'incrociatore leggero per distruggerlo. Fino ad allora, lei e il suo gemello, gli «Achille» avevano usato sedici cannoni da 152 millimetri per soli quattro cannoni da 150 millimetri, i «Graf Spee»; per questo motivo il comandante tedesco fece loro dedicare una torre del 280. La manovra della corazzata mise l'«Exeter» all'interno della zona di lancio, di cui il capitano inglese approfittò sparando tre siluri che non raggiunsero il loro obiettivo, poiché quel Langsdorff, nascosto dietro una cortina di fumo, li schivò facilmente.

L'"Exeter" ha ricevuto due nuovi successi poco dopo. La prima torre A distrusse e la seconda attraversò la nave, provocando grandi incendi all'interno. A quel punto l'incrociatore inglese aveva entrambe le torri di prua fuori uso. Tutte le trasmissioni, storpiate. I ripetitori dell'ago giroscopico, danneggiati. Alcuni compartimenti stagni, allagati. Varie fonti di fuoco. Tutti i siluri hanno sparato e molti morti e feriti. Le erano rimasti solo i due cannoni di poppa da 203 millimetri, ma la sua efficacia era quasi nulla. L'incendio ha costretto all'allagamento dei magazzini e alla sospensione dell'incendio. Infine, l'«Exeter», avvolta dalle fiamme, si voltò verso babordo e abbandonò il combattimento, dirigendosi verso le Malvinas, arrivando a Port Stanley il sedicesimo.

L'«Ajax» ha quindi catapultato un aereo da ricognizione dai due «Seafox» che trasportava, poiché uno di essi è stato distrutto dalle schegge del «Graf Spee». Alle 6:40 uno sciopero dei 280 causò gravi danni all'«Achille» e il capitano rimase gravemente ferito. Da questo momento il corsaro tedesco si ritirò dietro diverse cortine fumogene inseguito dagli incrociatori leggeri inglesi, più veloci e con sedici cannoni da 152 millimetri, diretti verso Montevideo. Gli inglesi stavano manovrando a distanza per paura dei 280 cannoni del Graf Spee, e ci fu lo scontro più grande dell'intero combattimento. L'«Ajax» fu subito biforcuto e alle 7:24 si allontanò da lei a tutta velocità, lanciando quattro siluri a babordo. Alle 7:25 un colpo del 280 mise fuori gioco la torre X dell'«Ajax» e afferrò la T, non potendo utilizzare d'ora in poi più delle due torri di prua. L'aereo da ricognizione si avvicinò al corsaro tedesco, ma fu rapidamente allontanato dal fuoco dell'artiglieria contraerea. Il «Graf Spee» fu nuovamente coperto da una fitta cortina di fumo, lanciando alle 7:30 diversi siluri che gli incrociatori nemici furono in grado di manovrare. Harwood ha quindi deciso di interrompere il contatto balistico e di allontanarsi il più possibile senza perdere di vista la corazzata. La sua intenzione era di aspettare l'arrivo della notte e con il favore dell'oscurità provare ad avvicinarsi a lui e picchiarlo. Aveva appena iniziato l'operazione quando un colpo del 280 ha abbattuto l'albero superiore dell'Ajax. Alle 7:50 la distanza tra gli incrociatori inglesi e il «Graf Spee» superava i 20.000 metri. ma fu rapidamente scacciato dal fuoco dell'artiglieria antiaerea. Il «Graf Spee» fu nuovamente coperto da una fitta cortina di fumo, lanciando alle 7:30 diversi siluri che gli incrociatori nemici furono in grado di manovrare. Harwood ha quindi deciso di interrompere il contatto balistico e di allontanarsi il più possibile senza perdere di vista la corazzata. La sua intenzione era di aspettare l'arrivo della notte e con il favore dell'oscurità provare ad avvicinarsi a lui e picchiarlo. Aveva appena iniziato l'operazione quando un colpo del 280 ha abbattuto l'albero superiore dell'Ajax. Alle 7:50 la distanza tra gli incrociatori inglesi e il «Graf Spee» superava i 20.000 metri. ma fu rapidamente scacciato dal fuoco dell'artiglieria antiaerea. Il «Graf Spee» fu nuovamente coperto da una fitta cortina di fumo, lanciando alle 7:30 diversi siluri che gli incrociatori nemici furono in grado di manovrare. Harwood ha quindi deciso di interrompere il contatto balistico e di allontanarsi il più possibile senza perdere di vista la corazzata. La sua intenzione era di aspettare l'arrivo della notte e con il favore dell'oscurità provare ad avvicinarsi a lui e picchiarlo. Aveva appena iniziato l'operazione quando un colpo del 280 ha abbattuto l'albero superiore dell'Ajax. Alle 7:50 la distanza tra gli incrociatori inglesi e il «Graf Spee» superava i 20.000 metri. Harwood ha quindi deciso di interrompere il contatto balistico e di allontanarsi il più possibile senza perdere di vista la corazzata. La sua intenzione era di aspettare l'arrivo della notte e con il favore dell'oscurità provare ad avvicinarsi a lui e picchiarlo. Aveva appena iniziato l'operazione quando un colpo del 280 ha abbattuto l'albero superiore dell'Ajax. Alle 7:50 la distanza tra gli incrociatori inglesi e il «Graf Spee» superava i 20.000 metri. Harwood ha quindi deciso di interrompere il contatto balistico e di allontanarsi il più possibile senza perdere di vista la corazzata. La sua intenzione era di aspettare l'arrivo della notte e con il favore dell'oscurità provare ad avvicinarsi a lui e picchiarlo. Aveva appena iniziato l'operazione quando un colpo del 280 ha abbattuto l'albero superiore dell'Ajax. Alle 7:50 la distanza tra gli incrociatori inglesi e il «Graf Spee» superava i 20.000 metri.

CAPITOLO XVII
VERSO MONTEVIDEO

Alle otto del tredici il «Graff Pee» navigava a ventidue nodi verso il Río de la Plata, inseguito dagli inglesi fuori dalla portata dei 280 cannoni. Il «Cumberland» era a Port Stanley e la forza «K» salpò per Rio de Janeiro per prendere il petrolio e inseguire il corsaro se fosse entrato nell'Atlantico. Il «Cumberland» ricevette quindi l'ordine di unirsi al grosso della flotta sudamericana e stava già navigando a tutta velocità verso nord.

Sebbene la "Graf Spee" non avesse grossi danni e la sua artiglieria, i suoi motori e lo sterzo generale funzionassero perfettamente, il carburante scarseggiava e le erano rimaste munizioni per trenta minuti di combattimento. Il cibo scarseggiava e alcuni danni dovettero essere riparati, principalmente nelle cucine e nei panifici, che erano stati distrutti dal fuoco degli incrociatori inglesi. In tali condizioni, il "Graf Spee" non poteva far altro che recarsi in un porto neutrale e fare rifornimento, caricare rifornimenti e riparare i danni secondo le regole del diritto internazionale.

Nelle prime ore della notte l'«Achille» si avvicinò alla corazzata a una distanza di 19.000 metri, ma due salve, una corta e una mirata, della «Graf Spee» la costrinsero ad allontanarsi, emettendo una cortina fumogena. Langsdorff ordinò che i colpi fossero sparati dai cannoni ad arco per far credere agli inglesi che quelli di poppa fossero fuori servizio. Lo stratagemma ha avuto effetto. Poco dopo si avvicinarono di nuovo l'Ajax e l'Achille, picchiati a fuoco rapido dai cannoni di poppa.

Alle undici del mattino apparve una nave mercantile inglese, la «Shakespeare», ma la «Graf Spee» non la affondò, poiché Langsdorff non ritenne opportuno farlo senza prima salvare l'equipaggio. Il piroscafo inglese si salvò, dunque, grazie al nobile comportamento del comandante tedesco. Questo, tuttavia, ha cercato di sfruttare quell'incontro per aumentare la distanza tra lui ei suoi inseguitori. Per questo, ha inviato un messaggio agli incrociatori inglesi in cui ha detto che prelevano i naufraghi dalla nave mercantile. Ma il trucco non ha avuto effetto.

Da quel momento gli inglesi trasmettevano via radio ogni mezz'ora la situazione e il corso del corsaro, in modo che i mercanti che si trovavano sulla loro strada potessero allontanarsi a tutta velocità.

Alle 19:15 il «Graf Spee» sparò due salve contro l'«Ajax», a 24.000 metri, che furono straordinariamente precisi, costringendo l'incrociatore ad allontanarsi rapidamente.

L'estuario di La Plata ha tre ingressi. Uno a nord, tra la costa uruguaiana e la sponda inglese. Un altro al centro, tra la sponda inglese e la sponda Ramen, e un terzo a sud, tra essa e Capo San Antonio. La seconda è lunga diciassette miglia e quella meridionale quaranta. Harwood temeva che Langsdorff avrebbe finto di dirigersi verso Montevideo e fuggire in alto mare da un'altra uscita. Fece attendere l'"Achille" all'uscita Nord e andò alla Centrale. Il sud è stato lasciato incustodito, poiché il Cumberland non era ancora arrivato. L'«Achille» seguiva la corazzata, stagliata dalla luna, e le distanze diminuivano con l'aumentare dell'oscurità. L'incrociatore inglese si diresse leggermente verso NW, per portare la traiettoria del «Graf Spee» in coincidenza con l'azimut del sole. Alle 20: 55 la nave tedesca sparò sull'«Achille», provocando danni e costringendolo a nascondersi dietro una cortina fumogena. Ma anche l'incrociatore inglese aveva avuto il tempo di sparare, rispondendo al fuoco tedesco, ei suoi colpi sono atterrati vicino alla torre di prua della corazzata, senza causare gravi danni materiali, ma provocando alcuni morti e molti feriti. Tra questi c'erano Karl e Helmut. Il primo è crollato con un pezzo di schegge conficcato nella sua testa e il secondo è stato scagliato contro una lastra d'acciaio, rompendogli una gamba. Karl, che giaceva in una pozza di sangue, fu immediatamente prelevato e portato all'infermeria della nave, rivelando una ferita molto vicino all'occhio sinistro, vicino alla tempia. Helmut aveva il femore della gamba destra scheggiato in diversi punti e diverse ferite lievi. Ma anche l'incrociatore inglese aveva avuto il tempo di sparare, rispondendo al fuoco tedesco, ei suoi colpi sono atterrati vicino alla torre di prua della corazzata, senza causare gravi danni materiali, ma provocando alcuni morti e molti feriti. Tra questi c'erano Karl e Helmut. Il primo è crollato con un pezzo di schegge conficcato nella sua testa e il secondo è stato scagliato contro una lastra d'acciaio, rompendogli una gamba. Karl, che giaceva in una pozza di sangue, fu immediatamente prelevato e portato all'infermeria della nave, rivelando una ferita molto vicino all'occhio sinistro, vicino alla tempia. Helmut aveva il femore della gamba destra scheggiato in diversi punti e diverse ferite lievi. Ma anche l'incrociatore inglese aveva avuto il tempo di sparare, rispondendo al fuoco tedesco, ei suoi colpi sono atterrati vicino alla torre di prua della corazzata, senza causare gravi danni materiali, ma provocando alcuni morti e molti feriti. Tra questi c'erano Karl e Helmut. Il primo è crollato con un pezzo di schegge conficcato nella sua testa e il secondo è stato scagliato contro una lastra d'acciaio, rompendogli una gamba. Karl, che giaceva in una pozza di sangue, fu immediatamente prelevato e portato all'infermeria della nave, rivelando una ferita molto vicino all'occhio sinistro, vicino alla tempia. Helmut aveva il femore della gamba destra scheggiato in diversi punti e diverse ferite lievi. Tra questi c'erano Karl e Helmut. Il primo è crollato con un pezzo di schegge conficcato nella sua testa e il secondo è stato scagliato contro una lastra d'acciaio, rompendogli una gamba. Karl, che giaceva in una pozza di sangue, fu immediatamente prelevato e portato all'infermeria della nave, rivelando una ferita molto vicino all'occhio sinistro, vicino alla tempia. Helmut aveva il femore della gamba destra scheggiato in diversi punti e diverse ferite lievi. Tra questi c'erano Karl e Helmut. Il primo è crollato con un pezzo di schegge conficcato nella sua testa e il secondo è stato scagliato contro una lastra d'acciaio, rompendogli una gamba. Karl, che giaceva in una pozza di sangue, fu immediatamente prelevato e portato all'infermeria della nave, rivelando una ferita molto vicino all'occhio sinistro, vicino alla tempia. Helmut aveva il femore della gamba destra scheggiato in diversi punti e diverse ferite lievi.

Nel frattempo, il corsaro era arrivato a sette miglia dall'ingresso del porto di Montevideo, stagliandosi contro le luci della città. Poco dopo si ancorò al porto della capitale dell'Uruguay e alle 23 l'inseguimento cessò.

Poiché gli inglesi non sapevano quando la «Graf Spee» sarebbe partita dal porto di Montevideo e c'era anche la possibilità che tentasse di farlo quella stessa notte, scelsero di non sostare agli sbocchi del Río de la Plata, poiché si stagliavano contro il cielo, dirigendosi verso il mare alla ricerca del "Cumberland", arrivato alle venti del quattordici dicembre.

Quando il "Graf Spee" ebbe ancorato, Langsdorff fece sbarcare i feriti, ospitandoli in un ospedale che il governo uruguaiano mise loro a disposizione. Tra loro c'erano Karl e Helmut.

Le ferite di Helmut, nonostante la loro natura ostentata, non erano gravi. Solo il femore rotto ha dato qualche lavoro, ma alla fine le ossa sono state messe al suo posto e la sua gamba e parte del suo corpo sono state ingessate. Karl era qualcos'altro. La scheggia aveva colpito vari tessuti importanti, producendo anche abbondanti lacrime. All'inizio nessuno sperava di salvarlo, ma a poco a poco le speranze crebbero, finché un giorno il medico che lo stava curando lo dichiarò fuori pericolo. Il suo amico, che era in un letto accanto al suo e si preoccupava più delle ferite di Karl che delle sue, non poteva nascondere la sua gioia.

"È un tuo amico? gli chiese il dottore un giorno.

"Sì.

"Conosci la sua famiglia?

"Gli manca.

"In tal caso," continuò il dottore, "spetta a te dargli una brutta notizia. Il tuo amico sarà completamente cieco.

Helmut sentì il suo corpo sudare freddo. Con gli occhi terribilmente dilatati e la bocca semiaperta, guardò il dottore come se non avesse ben capito cosa voleva dirgli.

"Tra pochi giorni", disse il dottore, "toglierò la benda che gli copre il viso. All'inizio sicuramente riuscirà ancora a vedere qualcosa, ma presto, prima dei sessanta giorni, perderà la vista per sempre. Scusa. Non sarà carino che tu glielo dica.

Quando il dottore lasciò la stanza, Helmut si appoggiò allo schienale del cuscino e fissò il soffitto della stanza. Mille pensieri folli si affollavano disordinatamente nella sua immaginazione.

CAPITOLO XVIII
LA FINE DELLA «GRAF SPEE»

Langsdorff chiese e ottenne l'autorizzazione dalle autorità uruguaiane affinché la sua nave potesse rimanere per quindici giorni, tempo che riteneva necessario per rifornire e riparare la corazzata, nel porto di Montevideo. Ma poi, senza dubbio a causa delle pressioni inglesi, fu nominata una commissione di tecnici che stabilì che il danno alla Graf Spee poteva essere riparato entro settantadue ore.

Nel formulare tale parere non si era evidentemente tenuto conto dei danni che la corazzata aveva subito nelle cucine e nei panifici, di cui doveva nutrirsi un equipaggio di mille uomini. Se la convenzione internazionale dell'Aia prescrive che ogni nave da guerra che ormeggia in un porto neutrale possa essere rifornita di quanto necessario per la sua navigazione, senza però aumentare la sua capacità di combattimento, ed entro ciò che una nave può fare senza aumentare detta capacità, essa sta fornendo carburante che le permette di raggiungere un porto della sua nazione, evidentemente entro quanto consentito, sta anche riparando i danni occorsi alle sue cucine e forni, senza il cui intervento l'equipaggio non potrebbe mangiare o, quindi, la nave salpare. Nonostante gli sforzi compiuti dalla rappresentanza tedesca, non si è potuto ottenere nulla, e la "Graf Spee" preparata a caricare l'olio necessario per andare in mare. I lavori di approvvigionamento furono interrotti più volte dagli inglesi, ma alla fine i lavori furono completati.

Langsdorff decise di lasciare Montevideo nella notte tra il sedicesimo e il diciassettesimo, poiché solo di notte il Graf Spee aveva qualche possibilità di scappare ingannando gli incrociatori inglesi. Ma il comandante della corazzata ricevette una lettera dalle autorità portuali che lo informava che la nave non sarebbe potuta partire prima che fossero trascorse le ventiquattro ore dalla partenza del mercantile inglese «Dunster Grageu», che era stato realizzato in mare alle ore

18:15, secondo quanto previsto dall'articolo sedici della convenzioneXLIIdella Convenzione dell'Aia. Ciò ha costretto Langsdorff a non partire prima delle 18:15 del diciassettesimo o dopo le 20:00 dello stesso giorno, indicando l'ora e la misura per lasciare il porto in pieno giorno. Fuori lo aspettavano il «Cumberland», l'«Ajax», l'«Achilles», la forza «K» e la corazzata francese «Dunkirk», che per caso si trovava in quelle acque. Anche supponendo che la Graf Spee fosse riuscita a interrompere il contatto con le navi di Harwood, gli aerei dell'Ark Royal l'avrebbero individuata rapidamente, e la «Fama» e «Dunkirk» l'avrebbero fatta fuori. Uscire in tali condizioni significava la distruzione della nave, o, al massimo, oscurare la facile vittoria inglese con l'affondamento di qualche incrociatore leggero.

Quindi la legazione tedesca a Buenos Aires ha preso accordi affinché il «Graf Spee» potesse, nella stessa Buenos Aires o in un altro porto, riparare i danni. Ma questi sforzi sono falliti.

Poiché l'internamento della nave, in termini di sicurezza personale, non era di gradimento del Terzo Reich, ordinò che la corazzata fosse fatta saltare in aria. Langsdorff ricevette l'ordine, pallido come la neve. Sicuramente avrebbe preferito morire combattendo il nemico, piuttosto che porre fine alle pagine gloriose scritte dalla sua nave affondandola nelle acque verdastre del Mar de La Plata. Ma poiché il suo senso della disciplina non gli permetteva di discutere ordini superiori, li accettò rassegnato e si preparò ad eseguirli alla lettera. Ordinò che cinquecento uomini fossero trasferiti alla «Tacoma», ancora ancorata a Montevideo, e che il resto dei feriti che, per la loro natura leggera, erano rimasti a bordo, venissero sbarcati. Alle 18:18 il «Graf Spee» sbarcò e lasciò il porto seguito dal «Tacoma». A poche miglia da lui,

Una tremenda esplosione che risuonò nello spazio come un grido di dolore, scosse i marinai tedeschi che dal «Tacoma» contemplarono l'agonia della nave. La corazzata sbandò violentemente a dritta. Poco dopo, un'altra esplosione fece esplodere una delle torri da 280 millimetri e l'«Admiral Graf Spee» affondò per sempre nelle acque dell'Atlantico. Langsdorff, con gli occhi umidi, salutò per l'ultima volta la nave con la quale aveva compiuto tante imprese nell'Oceano al servizio del suo paese, e voltandosi, si diresse in motoscafo verso Montevideo.

* * *

Karl e Helmut erano comodamente seduti sui loro letti d'ospedale. Al primo era già stata tolta la benda e, come disse il dottore a Helmut, vedeva relativamente bene.

"Devo ammettere che sono stato molto fortunato", ha detto. "Se questo pezzo di schegge mi avesse colpito due centimetri più indietro, mi avrebbe ucciso sul colpo.

"Sì, Karl, sei stato fortunato", disse a sua volta Helmut, guardando tristemente l'amico.

"E tu come stai?

"Perfettamente!" assicurò Helmut. "Il mio non ha importanza.

«Mi sento come una nuvola davanti agli occhi», disse Karl, passandosi la mano sulla fronte. "È naturale, la ferita è grave e mi sento ancora male.

L'amico abbassò gli occhi a terra e poi, come per fare un grande sforzo, disse:

"Ehi Carlo. Devi sapere una cosa. "Helmut esitava, le parole erano riluttanti a uscire e non sapeva come affrontare la domanda.

"Tu dirai.

Helmut stava per parlare quando un'infermiera entrò, seguita da Langsdorff. Il capitano tedesco si è diretto verso entrambi gli amici e ha teso la mano.

"Sono già stato informato che sei molto guarito, di cui sono molto contento.

Hanno parlato a lungo. Alla fine Langsdorff si alzò dalla sedia che stava occupando e, rivolgendosi a entrambi, disse:

"Presto sarai rimpatriato. I nostri rappresentanti in Uruguay hanno organizzato tutto affinché i feriti possano essere inviati in Germania il prima possibile. Lì finiranno di guarire. "Poi, porgendo a Karl una busta bianca, ha continuato: "Per favore visita la mia famiglia, vivi a Berlino e il tuo indirizzo è sulla busta. Racconta loro cosa è successo, digli che ricordo molto di tutti e di questa lettera al mio moglie.

«Non preoccuparti, mio capitano, lo farò così.

Langsdorff li salutò e si diresse verso la porta. Aveva fatto alcuni passi quando si voltò lentamente e disse:

"Sono molto contento di averli avuti sotto il mio comando. "Poco dopo ha lasciato la stanza.

Il giorno successivo Karl e Helmut scoprirono che Hans Langsdorff si era tolto la vita sparandosi alla tempia. Guidato da un errato concetto di onore, colui che fino ad allora aveva governato con tanto successo la corazzata tedesca «Admiral Graf Spee» non voleva sopravvivere alla sua nave. Senza tener conto che ciò non migliorerebbe nulla, perché, oltre a ragioni morali, il Paese potrebbe chiedergli maggiori servizi in futuro.

"Abbiamo tutti perso con la sua morte", disse Helmut, profondamente colpito. "Langsdorff ha perso la vita, la Germania un grande velista e noi un buon amico.

CAPITOLO XIX
RITORNO AL PAESE

La rappresentanza tedesca a Montevideo ottenne presto l'autorizzazione dal governo uruguaiano affinché i membri feriti dell'equipaggio della «Graf Spee» potessero essere rimpatriati in Germania. E così, due settimane dopo che la corazzata fu fatta saltare in aria dal suo equipaggio, cinquanta uomini, tra cui Karl e Helmut, furono imbarcati su un piroscafo argentino diretto in Europa.

Una mattina, quando entrambi gli amici erano sul ponte a guardare la scia che la nave si stava lasciando alle spalle, a Helmut sembrò che fosse il momento giusto per far sapere a Karl della sua grande disgrazia.

"Sono felice di poter tornare in Germania", ha detto, per avviare in qualche modo la conversazione, "ma mi dispiace lasciare questi mari che ci custodiscono così tanti ricordi.

"A me succede la stessa cosa" assicurò Karl "Non dimenticherò facilmente tutto questo.

"Ricordi Città del Capo e le difficoltà che abbiamo dovuto affrontare in fuga dagli inglesi?

«Sì, e anche da Jenny. Mi ha salvato la vita a costo della sua. La ricorderò sempre.

"Ehi, Karl," disse Helmut allora, portando la conversazione sul terreno che voleva. "Hai notato di nuovo disagio nei tuoi occhi?

"Molto spesso, e sempre di più", rispose l'amico, cercando di strappare con entrambe le mani un velo invisibile. "Appena arrivo in Germania andrò da un bravo specialista; Comincio ad allarmarmi.

Helmut deglutì a fatica, aprì e chiuse più volte la bocca, e finalmente rendendosi conto che prima o poi avrebbe dovuto conoscere la verità, decise.

"Il giorno in cui Langsdorff è venuto a trovarci in ospedale, ho cercato di dirti qualcosa che devi sapere, che devi sapere. Il suo arrivo mi ha interrotto, ma ora devi ascoltarmi. "Il viso di Helmut era giallo, quasi incolore, e le sue parole erano incerte e goffe. Ma facendo un grande sforzo, ha continuato: "La ferita che hai ricevuto sulla testa è molto più grave di quanto pensi, Karl.

"Serio, dici? Ma il dottore mi ha assicurato che non era pericoloso!

"Non mette in pericolo la tua vita, è vero; ma la scheggia ha colpito i tuoi nervi ottici e tra due mesi... avrai perso la vista. «La fronte di Helmut scivolò grosse gocce di sudore.

"Che ne dici? "Chiese Karl, come se non avesse capito del tutto.

«Mi hai capito perfettamente, Karl. Mi dispiace di averti dovuto dare una brutta notizia, ma il dottore mi ha consigliato di farlo in diverse occasioni.

"Questo significa che non lo rivedrò mai più? Cosa sarò cieco?

"Purtroppo lo è," disse Helmut, posando una mano sulla spalla dell'amico.

Per un momento Karl rimase immobile, come una statua, a fissare il mare. Poi si voltò lentamente e iniziò a camminare senza meta, non sapendo esattamente dove stesse andando. Poi si fermò, portando le mani al viso e, sprofondando su una panca addossata al muro, tirò un singhiozzo di disperazione.

* * *

Pochi giorni dopo la nave si ancorò in un porto tedesco ei feriti furono portati a terra e ricoverati in un ospedale militare. Karl ha ricevuto diversi riconoscimenti. Helmut sperava ancora che il medico uruguaiano si fosse sbagliato e che la vista di Karl potesse ancora essere salvata. Ma presto fu deluso. Tutti gli specialisti hanno convenuto che molto presto avrebbe smesso di differenziare gli oggetti e che la sua vista si sarebbe presto completamente spenta, cioè sarebbe completamente cieco.

Karl ricevette la diagnosi con totale indifferenza, cosa che a Helmut non piaceva. Se il suo amico avesse urlato, o si fosse disperato e anche se avesse pianto, la sua reazione avrebbe avuto una spiegazione logica e normale, ma quel silenzio sconcertante, quella totale indifferenza per la sua disgrazia, lo spaventavano.

"Devi saperti rassegnare e cercare di tirarti su un po' di morale. Questo è senza speranza e non si può fare nulla "te lo dicevo". Quello che ti sta succedendo è molto doloroso e lo capiamo tutti. Ma non dimenticare che molti hanno perso più di te. Ricorda i compagni che ora giacciono in fondo al mare e... ricorda anche Jenny.

"Povera Jenny!" esclamò poi Karl. "Com'è stato inutile il tuo sacrificio!

«No, Karl, non è stato inutile. Hai ancora molte cose rimaste nella vita, inclusa Naty.

"Non voglio più vederla! "disse, prendendosi la testa tra le mani.

"Ma lei non sa che sei qui!" disse Helmut. «Comunque, se non hai intenzione di vederla, andrò a raccontarle tutto.

"No!" urlò Karl: "No, non farlo. Ci andrò, te lo prometto, perché in fondo è necessario. Deve sapere molte cose e voglio saturarmi con l'immagine di lei ora che posso ancora vedere. Più tardi... tutto mi sarà indifferente.

Giorni dopo, entrambi gli amici arrivarono a Wilhelmshaven, tornando a percorrere lo stesso percorso che avevano seguito pochi mesi prima. Stavano viaggiando in macchina, la stessa "Mercedes" che avevano usato l'ultima volta, ma questa volta Helmut era seduto al volante e Karl, accanto a lui, guardava il paesaggio che scorreva rapidamente, già un po' nuvoloso.

L'auto si fermò davanti al palazzo Müller e Karl, rivolgendosi all'amico, disse:

"Resta qui, sarà meglio.

Il suono gioioso del campanello risuonò per tutta la casa e quasi istantaneamente la porta si spalancò. La sagoma snella di Naty apparve sulla soglia e con un grido di gioia si gettò tra le braccia di Karl. La ragazza, ancora non ripresa dallo stupore, rideva e piangeva allo stesso tempo, facendo mille domande, la maggior parte delle quali incoerenti.

Entrarono in casa e si sedettero accanto al caminetto acceso in soggiorno. Era inverno e faceva molto freddo. Karl fissò le fiamme che divoravano i ceppi accatastati sul focolare, rendendosi conto con orrore che il bagliore del fuoco gli feriva appena gli occhi.

Quando le espressioni di gioia di Naty si placarono, Karl, costringendo la ragazza ad alzare la testa dalla sua spalla, si alzò.

"Dov'è tua madre? "Chiese.

"All'ultimo piano. Ma lasciala adesso. Voglio stare da solo con te, la chiameremo dopo di lei.

"Naty" disse Karl, "mi hai fatto così tante domande in poco tempo che non so a quale prima rispondere. Ma prima di tutto voglio che tu sappia una cosa. Per diversi anni ho lottato disperatamente con me stesso per farti conoscere qualcosa che non conosci, ma mi è sempre mancato il coraggio necessario. In diverse occasioni sono stato tentato di allontanarmi per sempre da te, tormentato da un segreto troppo terribile per la mia coscienza, ma non ci sono riuscito, Naty. Tuttavia, ora voglio che tu sappia la verità, qualcosa che sicuramente ti farà inorridire, ma che dovresti sapere, poiché sarebbe impossibile per me vivere al tuo fianco se lo ignorassi ancora. Allora giudicami come meglio credi.

Naty, tra incuriosita e divertita, seguì i movimenti di Karl nelle sue nervose passeggiate per la stanza. Alla fine si fermò e cominciò a parlare. La sua storia si estende dal momento in cui ha incontrato Harold Müller sull'incrociatore «Staal» fino alla morte del padre di Naty. Quando ebbe finito, la ragazza, con il viso coperto, aveva pianto amaramente per molto tempo.

Karl le si avvicinò e cercò di prenderle la mano, ma Naty la scacciò via e, alzandosi, si allontanò da lui inorridita.

"E hai detto che mi amavi? "Ha esclamato con la faccia rotta." E hai avuto il coraggio di avvicinarmi a me con bugie e falsità fino a farmi innamorare di te? Da te... dall'assassino di mio padre!

Karl fece qualche passo avanti.

"Stai lontano!" gridò istericamente la ragazza: "Vai, vai subito, esci da questa casa, dove non saresti mai dovuto entrare!

Capì che la risoluzione di Naty era indissolubile e che l'aveva persa per sempre, ma sperimentò, invece, una pace e una serenità come non provava da molto tempo. Andò alla porta, prese da una sedia il suo berretto da marinaio e, rivolto alla ragazza, che ancora singhiozzava in poltrona, disse:

"Addio, Natty. Non ti vedrò mai più.

"Lo vorrei", aggiunse, mentre Karl apriva la porta che dava accesso alla strada.

Naty non poteva quindi sospettare con quale tragica esattezza i suoi desideri sarebbero stati esauditi.

CAPITOLO XX
HELMUT FUMA QUATTRO SIGARETTE

Passò un po' di tempo, un bel po', da quando Karl lasciò la casa dei Müller e non ebbe più notizie di Naty.

Helmut, dal canto suo, guarito dalle ferite riportate, fu assegnato alla corazzata «Von Tirpitz», alla quale si unì dopo un lungo congedo che gli fu concesso al suo ritorno in Germania. Non per un solo momento è stato separato dal suo amico, che ha persino portato con sé quando è andato a visitare la sua famiglia. Il padre di Helmut, su richiesta del figlio, offrì a Karl un lavoro negli uffici della sua fabbrica di seta artificiale, cosa che avrebbe potuto svolgere relativamente bene nonostante la sua cecità, che a quel punto era quasi piena. Ma lo rifiutò, perché capì che la mano che gli veniva tesa era mossa da un sentimento di pietà. Si è scusato dicendo di volersi riposare a lungo e che la pensione che ha prontamente ricevuto dallo Stato gli ha permesso di vivere, se non comodamente, almeno senza ristrettezze economiche.

Il congedo di Helmut è terminato e si è unito al suo nuovo incarico. Karl visse per qualche tempo con i genitori del suo amico, che erano riluttanti a lasciarlo andare. Ma alla fine lo fece, stabilendosi in una modesta pensione a Norimberga, secondo i suoi mezzi.

Nel frattempo, Naty, ignara della triste condizione di Karl, si sforza di relegare nell'oblio tutto ciò che lo riguarda, senza successo. Ripeté più e più volte mentalmente tutte e tutte le parole che il ragazzo usava per raccontare gli eventi accaduti diversi anni prima, e che costarono la vita a suo padre. Stava cercando di trovare una giustificazione per il comportamento di Karl, qualcosa che lo scusasse, o almeno riducesse la sua colpa, e allo stesso tempo la convincesse che quello che era successo non era altro che un caso, un'orribile possibilità. Ma con ciò non ottenne altro che allargare nei suoi occhi la colpa dell'uomo che le causò quella disgrazia.

Un giorno, mentre la ragazza era seduta su una panchina nel giardino di casa sua, persa nei suoi pensieri, sua madre le si avvicinò.

"Naty" disse, "è da molto tempo che volevo parlarti. Cosa è successo davvero tra te e Karl?

Lei, che le aveva dato una spiegazione diversa da quella autentica, ignorando che sua madre conosceva da tempo la verità, rispose:

"Ora sai. Karl ed io non andavamo d'accordo. Il nostro modo di essere era molto diverso e, quando ce ne siamo resi conto, di comune accordo abbiamo deciso di separarci. Questo è tutto.

"Naty" continuò la signora Müller, "ti ho osservato con attenzione e posso assicurarti che qualcosa non va in te. Sei costantemente triste e giù di morale e ti ho visto piangere numerose volte. Quando ti parlo, o non mi rispondi o sembri svegliarti da un sonno profondo. Cosa ti ha detto Karl l'ultima volta che è venuto a trovarti?

"Niente, mamma. Sai cos'è successo e...

«Karl ti ha detto una cosa accaduta molti anni fa, quando stava prestando servizio sull'incrociatore «Staal» con tuo padre, giusto?

La ragazza non riuscì a reprimere un movimento involontario di sorpresa.

"Non mi ha "debolmente assicurato", non mi ha detto nulla al riguardo.

La signora Müller si sedette accanto a Naty e le prese le mani tra le sue.

«Figlia mia», disse, «penso che tu abbia giudicato troppo duramente la colpa di Karl.

"Ma, mamma, lo sai...?

"Sì, figlia, lo so. Lo so da molto tempo. Lo stesso Karl mi ha raccontato tutto pochi giorni dopo che era successo.

"Ma come poteva osare...?

e non è giusto fingere di vedere Karl come la persona responsabile. D'altra parte, il comportamento di Karl era peggiore abusando della bevanda, o quello degli altri permettendogliela? No, Naty, hai giudicato il caso da un falso punto di vista.

"Ma mamma!" Poi disse la ragazza. "L'hai perdonato?

"Sì, Naty. Ho perdonato subito la sua piccola colpa. Karl ha sofferto molto, e per tutti questi anni la morte di tuo padre è stata per lui un'ossessione continua. Si è sempre creduto più responsabile della sua morte di quanto non sia in realtà.

"Se ti ha detto tutto, perché me lo ha nascosto?" chiese Naty.

«Perché gliel'ho chiesto io», disse sorridendo la signora Müller. "Sapevo che sarebbe stato più difficile per te capire, ma a quanto pare non poteva più nascondertelo. È un'altra prova della sua nobiltà e del suo sincero pentimento.

"Quali conseguenze ha avuto per lui dal punto di vista professionale? chiese la ragazza.

«Fu sottoposto alla corte marziale, perché, nonostante i suoi compagni tacessero, lo portò all'attenzione del capitano dello «Staal». Tuttavia, sono riuscito a far archiviare la procedura e lui è stato reintegrato nella sua posizione. Tuo padre l'avrebbe voluto così.

Naty si gettò piangendo tra le braccia di sua madre.

"Sono stato stupido! "Ha detto tra i singhiozzi." Ora capisco tutto, ora che l'ho perso per sempre.

«No, Naty, non l'hai perso», negò la signora Müller. "Karl ti ama moltissimo, e se vai a cercarlo finirai per riconciliarti.

Così ha fatto la ragazza. Lei per molto tempo lo ha cercato invano in tutta la Germania. Ha fatto visita ai suoi ex compagni di classe, ma nessuno di loro sapeva come parlarle di Karl, nessuno sapeva dove fosse. Ha parlato con i genitori di Helmut, dato che era assente, e nemmeno loro potevano guidarla. Nelle organizzazioni ufficiali da cui Karl riceveva la sua pensione mensile, gli dissero che era stata inviata al tenente Helmut Berling, perché così aveva disposto l'interessato, e che gliela consegnava. Trascorse così un altro anno senza che le speranze di Naty venissero meno.

Un giorno, mentre la ragazza stava passeggiando lungo l'Under der Linder in compagnia di un'amica, un gruppo di ufficiali della Marina le ha incrociato la strada e lei ha guardato per un attimo distrattamente. Si fermò all'improvviso, perché aveva appena riconosciuto Helmut. Il ragazzo chiacchierava animatamente con i suoi compagni e non si accorse di lei. Naty gli corse incontro, prendendolo per un braccio. Helmut si voltò rapidamente e la fissò con un'espressione fredda.

"Ciao, Naty! "Ha detto". Che sorpresa!

"Helmut," esclamò implorante. "Dov'è Carlo? Ho bisogno di saperlo.

"Mi sorprendi, Naty! "ha assicurato con un sorriso cinico. "Cosa vuoi sapere su Karl?

"Voglio chiederti di perdonarmi per il mio comportamento sciocco", ha detto. "Non avrei mai pensato di poter essere così ingiusto con lui!

«E questo, Naty, non potevi capirlo prima? "Chiese Helmut. "Non credi che sia già un po' tardi?

«No, Helmut, non è troppo tardi, non può essere! Amo Karl più che mai e sono sicuro che anche lui mi ama e saprà perdonarmi. Quando ho saputo la verità, non potevo reagire in nessun altro modo, ma da allora ho avuto il tempo di riflettere lentamente e...

"Ehi, Naty" disse Helmut, addolcendo il tono delle sue parole. "Nessuno può biasimarti e nemmeno io. Era difficile immaginare che una cosa del genere potesse mai essere accaduta, e la tua reazione è stata in parte naturale e logica. Da questo lato non c'è alcun impedimento al tuo ritorno da Karl, dal momento che non ha mai tenuto conto del tuo comportamento. Ma c'è dell'altro, Karl non è più lo stesso di prima.

"Questo non importa. Lo farò tornare ad essere quello che tu ed io conoscevamo.

"È cieco, Naty.

«Non importa neanche questo. Sono convinto che capirà che io...

"No, Naty" interruppe Helmut, con un sorriso amaro. "Non intendo quel tipo di cecità, ma un altro. Karl è cieco nel senso più letterale della parola, non può vedere, capisci?

Una terribile convulsione percorse il corpo della ragazza. Come se non riuscisse a capire cosa intendesse Helmut, alzò lentamente una mano per appoggiarsi sulla guancia destra. I suoi occhi perduti fissavano senza vedere.

"Cieca?" mormorò.

"Mi dispiace di aver dovuto causarti questo dolore" disse Helmut, afferrando Naty per un braccio, perché temeva che da un momento all'altro sarebbe crollata a terra. «Un frammento di schegge inglese si è conficcato nella sua testa, vicino alla tempia, impegnando i suoi nervi ottici. Quando è andato a trovarti ha visto ancora qualcosa, un po', ma non gli è stato possibile distinguere gli oggetti e alcuni loro dettagli. Mi ha detto che voleva inciderti nella sua immaginazione prima...

Naty, in fondo una donna innamorata, non seppe reagire al suo dolore se non con le lacrime, anche se in questo caso giustificato in parte, e tra i singhiozzi nascose il viso contro il petto di Helmut, il quale, spaventato, non sapeva da che parte prendere parte.

* * *

Karl si era stabilito, secondo i suoi mezzi, in una modesta pensione a Norimberga. A parte Helmut, nessuno era stato informato della sua residenza. Non si arrese e sperava di poter accogliere la sua vita alle nuove condizioni che il destino gli aveva dato, ma finché non si abituò un po' alla sua nuova esistenza, preferì stare lontano da tutto ciò che riguardava il suo passato. era imparentato.

La sua prima intenzione era quella di cercare di dimenticare ciò che era rimasto indietro e di abituarsi all'idea che per lui stava cominciando una nuova vita, alla quale doveva adattarsi fino a quando non fosse riuscito a cavarsela con relativa facilità. Ma nonostante stesse lentamente ottenendo l'ultimo, non era possibile, al contrario, cancellare i ricordi della sua precedente esistenza. Nelle sue lunghe passeggiate per Norimberga, che già conosceva a memoria, e durante le notti in cui restava sveglio per lunghe ore, nella mia immaginazione venivano citate una lunga serie di immagini familiari, che davano vita ad episodi passati, in cui aveva interpretato un ruolo di primo piano. All'inizio questi ricordi lo infastidivano e cercò di allontanarli, ma presto si rese conto che la sua evocazione era l'unica fonte da cui scaturivano i momenti più piacevoli di quel mondo interiore in cui era rinchiuso. Innumerevoli volte ha rivissuto l'odissea del "Graf Spee" da quando ha lasciato le terre della sua terra, fino a quando è scomparso inghiottito dalle onde dell'Atlantico, attraversando tutte le vicissitudini che ha dovuto affrontare nel suo lungo viaggio . Helmut e gli altri compagni della corazzata corsara, il suo comandante, lo sfortunato capitano della nave Hans Langsdorff, e Naty, che non poteva dimenticare per un solo istante, occuparono un posto privilegiato nei suoi ricordi, lasciando un posto privilegiato anche a Jenny, la bella ragazza che voleva sacrificare la sua vita per salvare quella di Karl.

Un giorno, mentre stava passeggiando in un giardinetto che aveva sul retro la pensione dove alloggiava, gli fu detto che un tenente della Marina voleva vederlo. Indovinò subito chi fosse e, con grande gioia, ordinò che il visitatore fosse condotto dov'era.

Poco dopo Helmut abbracciò il suo amico e riuscì a malapena a contenere l'emozione. Si sedettero su una panca di legno, mentre, pochi passi indietro, Naty guardava Karl attraverso le lacrime che le coprivano gli occhi.

"Come sono felice di rivederti! disse Helmut al suo amico. "Devi dirmi molte cose. Come distribuisci il tempo? Per cosa lo usi?

Karl gli diede un breve riassunto delle sue attività, spiegando in dettaglio come si stava lentamente abituando alla sua nuova vita.

"E tu? Come ti mette alla prova il tuo destino attuale?

«Molto bene, Carlo. Ah, il «Tirpitz»! Che nave! Se Langsdorff l'avesse avuto al posto del «Graf Spee», avrebbe potuto ridere della forza "K" e dell'intera divisione del Sud America. "Poi, cambiando tono di voce, chiese: "Non credi, Karl, di vivere qui molto solo? Perché ti ostini ad allontanarti dal mondo in cui hai sempre vissuto e da tutti coloro che ti apprezzano?

"È meglio così", disse Karl. In quel mondo a cui ti riferisci non c'è più posto per me. Io non sono altro che un povero inutile, un ostacolo...

"Ti sbagli, Karl" negò l'amico. "Sarai solo un ostacolo nella misura in cui vorrai esserlo. È un errore credere che un semplice infortunio fisico, per quanto fastidioso, possa mettere fine a un'intera vita. Hai lasciato tante cose dietro di te e non hai bisogno di vivere il resto della tua esistenza solo di ricordi, hai ancora cose vere a portata di mano.

"No, Helmut. È meglio lasciare le cose come stanno. Mi sto abituando all'idea che tutto è stato un incubo e che l'unica realtà è questa. È vero che in molte occasioni non posso fare a meno di ricordare il passato, principalmente alcuni suoi aspetti, e non mi dispiace riviverlo, ma ancora non so se chi riesce a salvare un po' di memoria o chi li perde tutti è più felice.

Naty aveva seguito la conversazione tra i due uomini con il fiato sospeso e una grande angoscia riflessa sul suo viso. Helmut si alzò e, mettendo una mano sulla spalla dell'amico, disse:

"Ora che mi ricordo: devo pagare il taxi, che deve ancora aspettare alla porta. Torno subito. "Con un passo veloce, si è allontanato.

Karl era rimasto solo, o almeno così pensava. Si appoggiò allo schienale della panchina, aspettando il ritorno di Helmut, e senza troppe difficoltà si accese una sigaretta. Dopo poco gli parve di udire dei passi, debolissimi e attutiti, sulla ghiaia del giardino.

«Sei tu Helmut? "chiese.

Nessuno ha risposto. Adesso era sicuro di percepire chiaramente dei passi lenti molto vicino a lui. Non c'era dubbio che qualcuno si stesse avvicinando e Karl, con la testa girata dalla parte da cui proveniva il rumore, cercò invano di penetrare nell'oscurità intorno a lui e di controllare chi fosse.

«Sei già tornato, Helmut? "ha chiesto di nuovo. Ma anche questa volta non ha ricevuto risposta.

Con un sesto senso sentì la vicinanza di un corpo e, poco dopo, il tocco di una mano morbida sulla propria. Sussultò come se fosse stato scosso da una scossa elettrica e cercò di alzarsi, ma non ci riuscì. Due braccia gli avevano avvolto il collo e, quasi contemporaneamente, sentiva la dolce pressione delle labbra sulle sue. Poi una voce che gli era molto cara gli suonò vicino all'orecchio come un sussurro:

"Carlo, perdonami.

"Naty! "Riusciva ancora a borbottare, prima di circondare la vita della ragazza.

Helmut finì la sua quarta sigaretta e, la spense contro un posacenere, si preparò a tornare da Karl. Maria, la titolare della pensione, gli venne incontro.

"Passerai la notte qui? "Lei chiese.

Prima di rispondere, Helmut fece qualche passo, fermandosi davanti a una grande finestra che dava sull'intero giardino. Poi, con un ampio sorriso sulle labbra, si voltò lentamente.

"No, Maria" disse. "Inoltre, mi dispiace informarti che hai perso un buon cliente. Aiutami a fare le valigie del signor Weber, partiamo tutti oggi.

E si avviò verso la stanza di Karl.

FINE

127